U0398244

松尾芭蕉（1644—1694）

陈德文译文选

《枕草子》
《奥州小道》
《三四郎》
《自然与人生》
《破戒》
《晴日木屐》
《阴翳礼赞》

作者简介

松尾芭蕉（1644—1694），日本江户时代俳谐诗人，本名松尾宗房，别号桃青、泊船堂、风罗坊等，生于伊贺上野。他在贞门、谈林两派的基础上把俳谐发展成了具有高度艺术性和鲜明个性的庶民诗，创立了具有娴雅、枯淡、纤细、空灵风格的蕉风俳谐。他的作品被日本近代文学家称为俳谐的典范，至今仍被奉为“俳圣”。

译者简介

陈德文，生于1940年。南京大学教授，日本文学翻译家。1965年毕业于北京大学东语系日本语专业。1985—1986年任早稻田大学特别研究员。曾两度作为“日本国际交流基金”特聘学者，分别于国学院大学、东海大学进行专题研究。1998—2017年任爱知文教大学专任教授、大学院指导教授。翻译日本文学名家名著多种。著作有《日本现代文学史》《岛崎藤村研究》，散文集《我在樱花之国》《花吹雪》《樱花雪月》《岛国走笔》等。

おくのほそみち

奥州小道

松尾芭蕉　著

陈德文　译

华东师范大学出版社

图书在版编目（CIP）数据

奥州小道 /（日）松尾芭蕉著；陈德文译. —上海：华东师范大学出版社，2020
ISBN 978-7-5760-0166-2

Ⅰ.①奥… Ⅱ.①松…②陈… Ⅲ.①游记—作品集—日本—现代 Ⅳ.①I313.64

中国版本图书馆CIP数据核字（2020）第035901号

奥州小道

著　　者　［日］松尾芭蕉
译　　者　陈德文
策划编辑　许　静
责任编辑　朱晓韵
责任校对　时东明
装帧设计　吴元瑛
内文设计　卢晓红

出版发行　华东师范大学出版社
社　　址　上海市中山北路3663号　邮编 200062
网　　址　www.ecnupress.com.cn
电　　话　021-60821666　行政传真　021-62572105
客服电话　021-62865537　门市（邮购）电话　021-62869887
门市地址　上海市中山北路 3663 号华东师范大学校内先锋路口
网　　店　http://hdsdcbs.tmall.com

印 刷 者　上海盛通时代印刷有限公司
开　　本　889 × 1194　32开
印　　张　8.25
插　　页　10
字　　数　142千字
版　　次　2020 年 4 月第 1 版
印　　次　2020 年 4 月第 1 次
书　　号　ISBN 978-7-5760-0166-2
定　　价　68.00元

出 版 人　王　焰

目录

纪行·日记编

俳文编

纪行·日记编

野曝纪行

旅行千里，不聚路粮。[①]或曰："三更月下入无何。"[②]假昔人之杖，于贞享甲子秋八月，出江上之破屋。风声呼号身犹寒。

决心死荒野，秋风吹我身。

寄寓整十秋，却指江户是故乡。

过箱根关之日，秋雨潇潇，山皆为云所隐。

雾雨藏富士，妙在不见中。

某氏千里，此次途中助手，为我尽心尽力，平素已成

① 《庄子·逍遥游》："适千里者，三月聚粮。"

② 宋代诗集《江湖风月集》广闻和尚偈："路不赍粮笑复歌，三更月下入无何。"

莫逆之交。朋友信有哉，此人。

深川芭蕉在心中，而今却向富士行。　　千里

行至富士川畔，闻三岁弃儿哭声哀。想必是无力养育，遂托付于急流，弃置于河滩，只待小小生命像露水一般消亡。寒冷的秋风扑打着这棵小草，是魂消于今夜，还是命断于明朝？从袖中取出食物，投之而去。

闻猿声啼而断肠的诗人呵，听到风吹弃儿的声音将如何？

这究竟是为什么？你遭到父亲的憎恶吗？你受到母亲的怨恨吗？不，父亲不会憎恶你，母亲也不会嫌弃你，这都是天命所定，你是为自己的生不逢时而痛哭。

渡过大井川那天，整日下雨。

秋雨江户掐指算，今日当渡大井川。　　千里

马上吟

道旁木槿花，马儿吃掉它。

二十日后的月亮，微微可见。山麓一片黑暗。马上挥鞭，驰之数里未闻鸡鸣。杜牧《早行》诗中的残梦，至小夜中山忽儿惊悟。[①]

马上惊残梦，月远茶烟升。[②]

松叶屋风瀑[③]此人正在伊势，我去寻访，在那里住了十天左右。腰带不带寸铁，领上只悬一囊，手携十八数珠。似僧犹有尘，似俗已无发。我虽非僧，已是剃发之人，类似浮屠[④]之属，不许入事于神前。日暮参拜外宫，见一华表旁微微昏暗，佛灯处处可见。“无上尊贵的山顶松风”[⑤]砭人肌肤。深有所感，遂得下句：

晦日无月明，风暴狂卷千岁杉。

西行谷[⑥]之麓有流水，见女人们在此洗芋。

---

① 杜牧《早行》：“垂鞭信马行，数里未鸡鸣。林下带残梦，叶飞时忽惊……。”
② 犹言人家升起煮早茶的炊烟。
③ 伊势度会人，于江户同芭蕉有俳句交往。
④ 浮屠即梵语佛屠、僧侣。
⑤ 西行《千载集》：“深入神路里，又是无上尊贵的山顶松风。”
⑥ 位于伊势神宫附近，相传为西行隐栖之地。

窈窕洗芋的女子呵，我若是西行，[1]

一定为你们献上一曲歌。

当日归途中，过某家茶店时，一位名叫“蝶”的女子说：“请照我的名字写首俳句吧。”说着伸出白色衣袖来。故为之写上一句：

兰香熏蝶翅。

访闲居人茅舍

茑萝青竹四五棵，寂寞唯有风吹过。

晚秋九月之初，回到故乡[2]。北堂萱草经霜而枯，至今已了无痕迹。一切皆面目全非。兄弟姐妹两鬓斑白，眉梢多皱。只道一声“多多珍重”，自无言语。长兄打开护身符袋说：“拜一拜母亲的白发吧。对于久别归来的你，就像浦岛之子打开百宝箱，[3]你也须眉皆白了呀！”言毕，相对唏嘘。遂咏以下句：

---

① 西行（1118—1190），即佐藤义清，古代著名歌僧。

② 作者故乡为伊贺国的上野。

③ 古代传说，渔夫浦岛之子随海龟进入龙宫，享受了三年荣华富贵。临别时龙女赠以百宝箱，戒勿打开。渔夫返乡后，破戒开箱，见一缕白烟升起。渔夫自己亦化为老翁。

手捧慈母遗发白，儿泪热浸秋霜消。

行至大和之国，来到葛下郡的竹之内。这里是门人千里的故乡。滞留多日，歇歇脚儿。

弯弓铮铮赛琵琶，慰我竹里弹棉花。

谒二上山当麻寺，见庭中古松已千载，可谓“其大蔽牛”。[1]彼虽非情，亦获佛缘，故能幸免于斧斤之罪，至为难得。

寺僧牵牛几度死，唯有法松寿千年。

独自进入吉野，山深路迷，白云绕峰，烟雨埋谷。伐木烧炭之家房舍点点，观之甚小。西边锯木，东边传响。远近寺院的钟声，沁人心底。自古以来，入山忘世之人，大都潜心于诗或歌的世界。这样看来，此山不正可以和唐土的庐山相比吗?

---

① 《庄子·人间世》:“见栎社树，其大蔽数千牛。”

借某寺僧房一宿

敲打衣砧给我听吧，和尚的妻子呵！

访西行上人的草庵遗迹，由内庭向右转，披草而行二町左右，顺砍柴人小道向前少许，则可见此处隔着险峻的溪谷，令人肃然起敬。那“滴滴清水”一如往昔，如今仍然零落而下。

清露点点滴不断，试图洗却俗世尘。

若是扶桑有伯夷，定会用此水漱口吧？若是告诉许由这里有清水，他也一定会用来洗耳吧？

登山下坡之间，秋阳既斜，看不完这里众多的胜迹，还是先拜谒后醍醐天皇的陵墓吧。

皇陵经年野草茂，相思草作何相思？

由大和经山城，入近江路至美浓。过今须、山中，有古代常盘娘娘[①]之冢。伊势的守武[②]咏道：“秋风好似义朝将

---

① 传说源义朝爱妾常盘娘娘于战乱中逃往东国，至此为贼人所杀。一说嫁于藤原长成。

② 荒木守武，伊势内宫的神官。

军。”[1]究竟秋风哪一点似义朝呢？我作句云：

义朝寂寞心，好似秋风凉。

不　破

秋风呵，野草荒原不破关。

宿于大垣之夜，到木因[2]家做客。出武藏野时原是吟咏着“决心死荒野”踏上旅途的。

长途安然身未死，旅夜梦醒秋已暮。

于桑名丰统寺[3]

冬日牡丹千鸟鸣，犹似雪中杜鹃声。[4]

旅夜饱睡，于黑暗中动身向海边而行。

海上朦胧曙光里，网中白鱼一寸长。[5]

---

① 源义朝，平安末期武将，战乱败亡中为家臣杀于尾张。
② 谷木因，大垣船具商人，后为芭蕉弟子。
③ 东本愿寺别院，别名“桑名御坊”。
④ 藤原定家：“深山冬日闻杜鹃，雪落散玉水晶花。”（难题七首）
⑤ 杜甫：“白小群分命，天然二寸鱼。”桑名一带白鱼有“冬一寸，春二寸”之说。

诣热田[1]

神社境内破败不堪，围墙倾圮，没入荒草丛中。彼处扯着绳子，以示境内末社之遗址吧。此地放着石头，好像是什么神座的样子。蓬蒿和相思草随意生长，反而比兴旺整饬之昔日更惹人心动。

相思草枯腹中饥，买饼略尝荒凉情。

去名古屋途中，作如下吟咏。

朔风劲吹吟狂句，顾影自怜似竹斋。[2]
征旅枕上闻犬吠，寂寞难堪冷雨时。

徒步赏雪

唤声市中人，卖我积雪笠。

观旅人

晨起景色变，雪中观马行。

---

① 位于名古屋热田区的热田神宫。

② 假名草子《竹斋》的主人公，江湖医生竹斋，他曾一边吟诵着狂歌，一边沿东海道旅行，停驻于名古屋。“狂句”，芭蕉谦虚之词，犹言自己写的不合规则的俳句，或狂傲的文句。

于海滨度过一日

日暮海水暗，但闻凫声白。

在这里脱掉草鞋，在那里扔下手杖，于野店羁旅之中，不知不觉又到了年关。

头上蓑笠脚草鞋，谁识岁暮旅中人。

一边写着这样的句子，一边来到山乡家里过年。

不知谁家新女婿，丑年赶牛送糕饼。[①]

奈良道上

最是春来好风景，大小山峰笼烟霞。

居二月堂

佳节又到僧取水，夜寒频传木屐声。[②]

---

① 《翠园抄》："按，乡村初春送镜饼（年糕）祝寿。"当时农家习俗，向岳家赠镜饼贺年。

② 旧历二月一日至十四日，奈良东大寺二月堂举行取水祭。

上京，访三井秋风[①]鸣瀑之山家。

梅　林

梅林一片白如雪，谁人昨日盗鹤去。[②]

庭中花开繁如锦，樫树一棵立其中。

伏见西岸寺逢任口上人

伏见桃花迎风摆，点点露水沾我衣。

往大津途中，于山道上

山路弯弯行复行，道旁木槿花正浓。

眺望湖水

春雾迷离辛崎松[③]，一树朦胧赛樱花。

于水口再逢阔别二十年之故人。

天涯海角两命在，樱花时节喜逢君。

---

① 三井秋风，谈林派俳人，京都富豪之家，右京区有别墅，同众多文士相往还。

② 宋林和靖爱梅鹤，有“梅妻鹤子”之说。此处以秋风比林逋。

③ 辛崎位于琵琶湖西岸，有著名的“辛崎孤松”。

位于伊豆国蛭[1]的小岛桑门和尚，此人自去年秋天出外寻访，闻我之名，想和我做伴旅行，追踪来到尾张国。

同尝田里青麦穗，从此旅中共寝食。

据此僧告诉我，圆觉寺的大颠和尚，今年一月初已经归往他界，他很疑惑，觉得如在梦中。旅途上，我给其角[2]寄去了这样的俳句：

道骨高洁似白梅，思君泪洒水晶花。

赠杜国[3]

君似芥花我为蝶，依依难舍别杜国。

于桐叶子[4]之处再稍作停留，眼下正欲东下。

感君待我情意重，采蜜之蜂惜别离。

---

① 国蛭位于静冈县田方郡韭山，是源赖朝流放地。
② 宝井其角，蕉门最年长的弟子。
③ 平井杜国，名古屋人，米商。
④ 林氏，热田旅亭的主人，蕉门弟子。

过甲斐国山中

良马食麦辄堪慰，我亦蒙君得歇息。

四月末，回到草庵，以消行旅之困乏。

一身衣裳穿到夏，内里虮虱捕未尽。

鹿岛纪行

听说京洛的贞室[①]到须磨海滩去赏月，吟咏道："松荫三五夜，中纳言赏月。"[②]想起这位狂夫的过去，令人缅怀。这年秋[③]，遂起赴鹿岛[④]观赏山月之念。同行者二人，一人乃浪客之士[⑤]，一人乃云水之僧[⑥]。僧着乌黑的墨衣，脖子上挂着头陀袋[⑦]，将出山的释迦如来像小心地供在厨子[⑧]里背着，摇响着锡杖，就像那位通过无门之关的人士[⑨]一样，独步而行于天地之间。现在一人[⑩]非僧非俗，非鸟非

---

① 京都贞门派俳谐师安藤正章。

② 《玉海集》："松间清澄夜，中纳言赏月。"中纳言指流放于须磨的歌人在业行平。疑芭蕉记忆有误。

③ 贞享四年（1687）八月。

④ 茨城县鹿岛神宫。

⑤ 门人曾良。

⑥ 住在芭蕉庵附近的禅僧宗波。

⑦ 装大衣、七条、五条等袈裟的袋子。

⑧ 装有两门扉收藏佛像的箱子。

⑨ 宋代禅僧慧开《无门关颂》："大道无门，千差有路，透得此关，乾坤独步。"

⑩ 芭蕉自指。

鼠[1]，正如渡向“无鸟之岛”[2]一般，决心到没有人的鹿岛赏月。由庵门口乘船，先抵达行德这个地方，舍舟登岸，不骑马，细细小腿积满了力气，徒步而行。

戴着甲斐国某人士的桧笠继续前行，一过八幡之地，就出现了称为镰谷原的广阔原野。古语云：“秦甸[3]一千里”，一望无垠。对面高耸着筑波山，男体和女体二峰并立。据闻唐土也有“双剑之峰”，彼为庐山一隅也。

莫言筑波戴雪看，春色紫气更可观。

此乃我门人岚雪[4]之句也。关于这山，日本武尊曾在歌中吟咏过，所以写作连歌的人将这里当做连歌兴起的源头，称连歌为“筑波之道”。[5]来到这座山前，如果不咏上一首和歌或一首俳句，是不能通过的。这真是一座可爱的山。

胡枝子使地面一片锦绣。我想起古代的一则逸话：为

---

① 古谓蝙蝠位于鸟鼠之间。《增补下学集》：“似僧非僧，似俗非俗，曰蝙蝠比丘也。”

② 谚语：“无鸟之岛的蝙蝠。”

③ “秦甸”指秦之王都附近之地。《和汉朗咏集》：“秦甸之一千余里，凛凛冰铺……”

④ 同其角并称的蕉门高足。

⑤ 《日本书纪》载，日本武尊和御火烧之翁相唱和，一问：“越过筑波要几夜？”一答：“算起来要花九夜十天呢。”自古认为此乃连歌之起源，称连歌为“筑波之道”。

仲将采胡枝子花放进长柜内，作为进京的礼物。[1]其风流之心是共通的。桔梗、女萝、苓草和雄花等争奇斗艳。牡鹿发出一阵阵恋妻之声，实在富有情味。放牧的马儿仿佛选择了一处丰美的牧场，心满意足地结群而行。良多趣味。

日暮时分，抵达利根川畔的布佐。这条河里张着捕鲑鱼的鱼网，捕获的鲑鱼有时送到江户的市上卖。夜晚，停宿于渔人家中。“夜卧腥臊污床席”。[2]天月澄碧，下夜舟抵鹿岛。

翌日中午，雨潇潇而下。十五的明月也许看不到了。听说从前根本寺的一位和尚现在山麓避俗而居，[3]我也找到那里住下了。“欲觉闻晨钟，令人发深省”，[4]过一会儿始得清净之心。东方既白，和尚叫醒了我，人们也相继起床。月光，雨音，景象清幽，心情激动，无可言状。不远千里，前来望月，实乃令人遗憾。据说那位古代某女子没有听到杜鹃啼就忧心忡忡[5]。此时无法觅句的我，正好寻到了一位知音。

---

① 《无名抄》载：高仓帝时的橘为仲，任陆奥守御任回京时，携十二箱宫城野的胡枝子。

② 《白氏文集·缚戎人》：“夜卧腥臊污床席。”此处以人体之味转用于鱼腥。

③ 根本寺前住持佛顶和尚。根本寺位于鹿岛神宫之西的下生，为推古天皇时圣德太子所建。

④ 杜甫：《游龙门奉先寺》。

⑤ 见《枕草子》，清少纳言出外想听杜鹃啼鸣，因到乡间忙于应酬，终未能吟出一首和歌。

同一天上月，观之景象异。
其中无奥妙，皆因云来去。　　和尚

云里月飞腾，树梢雨霖铃。　　桃青
卧看山寺月，心静气亦定。　　桃青
雨止卧竹亘，起看山月明。　　曾良
日光寂寞白，堂前雨滴落。　　宗波

神　前

古松发新花，凛然神前秋。　　桃青
神座满苔露，我且拂拭去。　　宗波
鹿们亦懂礼，神前屈膝鸣。　　曾良

田　家

稻田新刈罢，鹤鸣乡间秋。　　桃青
为观乡里月，愿作夜田割[1]。　　宗波
可怜贫贱农家子，打稻停手看天月。　　桃青
农地烧荒望无垠，芋叶飘摇待月出。　　桃青

---

① 夜间割稻，只限于月明之夕。

野　外

原野尽皆胡枝子，花瓣带露染我衣。　　曾良

漫漫无边秋草花，马儿吃饱正玩耍。　　曾良

胡枝子花遍原野，卧猪亦可卧山犬。　　桃青

归途宿自准之家

我家茅屋干稻草，远游朋友暂栖身。　　主人

且待秋成长，墙头杉苗青。　　客人

河口晚潮涨，呼船赏明月。　　曾良

贞享丁卯仲秋末五日

笈之小文

风罗坊芭蕉

百骸九窍[①]之中有物。且自名为风罗坊。风罗者即形容其身犹如风吹即破的薄衣一般脆弱。彼好俳谐之狂句[②]久矣，已为毕生之事业。有时倦怠而欲抛掷，有时奋进自励，企图夸耀于他人。有时首鼠两端，心烦意乱，不能安住。其间曾打算立身处世，但为此种事业所阻，有时又想学佛以晓晤自愚。然而亦为此种事业所破。终于无能无艺，只是专此一道。西行之于和歌，宗祇之于连歌，雪舟之于绘画，利休之于茶道，虽各有所能，其贯道之物一也[③]。然而，此类风雅人物，顺应造化，以四时为友。所见者无处不花，所思者无处不月。若人所见者不是花，则若夷狄，

① 《庄子·齐物论》："百骸九窍六藏，赅而存焉。"
② 犹言卑下之句。
③ 《论语·里仁》："子曰，参乎，吾道一以贯之。"

若心所思者不似花之优雅，则类鸟兽。出夷狄而离鸟兽，顺造化而归于造化。

十月之初，天欲雨而不稳，身如风叶心不宁。

时雨[①]初降早起程，谁人呼我是游子？
山茶花开映宿馆，住了一馆又一馆。

岩城之住人名长太郎者[②]，作以上句和之，并于其角亭[③]为我饯行。

冬令出行春归来，吉野花红咏新句。

此句为露沾公[④]所吟赠，以此作为饯别之初句。随后，故友、亲朋、门人、相识等，或带诗歌文章来访，或裹以草鞋之资以表心意。我无需费力集三月之粮，纸衣、棉袄等物，帽子、布袜之类皆蒙见赠而齐备，无虑霜雪之寒苦。或招饮于游船之上，或开宴于别墅之内。有的持酒肴至草庵，祝我旅途平安，其情依依难舍。此种排场，仿佛大人

① 时雨：秋冬之交的雨。
② 陆奥国岩城小奈浜人，姓井手，俳号“由之”。
③ 其角的家，位于江东深川木场。
④ 岩城平之城主内藤义泰（风虎）之子，名“义英”。

物出行，好不风光。

论起纪行文学，纪贯之、鸭长明、阿佛尼，皆能属文而尽其情，余只可仿佛为之，未能改其糟粕，非我等浅智短才之笔所能及也。“其日降雨，昼转晴，各处生长松树，彼处有一条河流过”等，此种平常事谁都可为之，然而，若无黄山谷、苏东坡诗中的奇文异事，则无需写成纪行文。但各处风景留于心底，山馆、野亭之愁苦，过后则成话题。将此录下，而为亲近风云之便。心中所存诸事，不论前后，皆写于此，犹似醉者之呓语，梦者之谵言，姑妄听之。

泊于鸣海[①]

星崎[②]夜暗不见星，只闻声声千鸟鸣。

飞鸟井雅章公[③]宿此馆，曾吟一歌：“都城遥远鸣海潟，茫茫大海中间隔。”公告我，彼亲自将此歌写下来分赠住居者。我亦吟咏一句：

去京千里行过半，浓云广布天欲雪。

---

① 名古屋市绿区鸣海町。
② 名古屋市南区星崎町。
③ 京都的公卿，歌人。

三河国保美[1]，欲访杜国[2]隐者之地。初，致书越人[3]使邀请之，由鸣海又回原来之路，行二十五里，当夜泊于吉田。

夜半二人眠不得，寒气阵阵侵我身。

天津绳手[4]处，田中有小径，风自海上吹来，乃严寒之地也。

冬日天寒朔风冷，马上人影冻不动。

由保美村至伊良古崎有一里[5]多行程。此乃属三河国之地，和伊势隔海相望。不知何故，《万叶集》中却将这里归入伊势名胜之中。于此地岬上捡拾海贝以做棋子。世上盛行“伊良湖白”之说。这里有丘名骨山，乃为猎鹰之所。因属南海之滨，鹰最先由此经过，想起古歌中有吟咏伊良湖鹰者，颇有感兴。此时正巧有一只鹰掠过。

伊良湖崎畔，喜见一鹰飞。

---

① 爱知县渥美郡渥美町保美，渥美半岛的先端。
② 坪井氏，蕉门，名古屋人。贞享二年（1685）获罪被流放。
③ 越智十藏，蕉门，越后人，住名古屋。
④ 丰桥市天津，渥美半岛西岸。
⑤ 一里约合四公里。

修筑后的热田神宫[①]

神镜又重磨，明亮映飞雪。

蓬左[②]人们来迎，稍作休息。

起看今朝雪，箱根何人越？

应召赴俳谐之会

旅中无丽服，赏雪着纸衣。

相邀去赏雪，哪怕跌断脚。

某人俳谐之会

闻香寻梅去，盛开库房边。

此间，美浓大垣、岐阜等地有风流人物来访，每每佳作连篇。过了十二月十日，离名古屋回故乡。

旅途辗转近年关，世上家家除煤烟。

“路过桑名远更远”，由古人吟咏过的日永之里，雇马

① 又称蓬莱宫，位于名古屋市。
② 泛指热田神宫之西一带。

登策杖坡。翻鞍落马。

翻越策杖坡，人从马上落。

因为心中怏怏，试作一句，终未写入季语。

老大还故里，手捧初生肚脐，岁暮思亲游子泣。

除夕之夜，送旧迎新，饮酒守岁，元旦酣眠。

初二花之春，切莫梦不醒。

初　春

立春尚九日，绿色满山野。

枯草待春来，叶端阳气生。

伊贺国阿波庄，有俊乘上人[1]之旧迹。护峰山新大佛寺，如今只留寺名于千年之后，伽蓝已经崩塌，仅存基石。僧坊变成田畴，一丈六尺的大佛像沉埋于绿苔之中，仅留佛头，至今还可目睹拜谒。俊乘上人之像，一如往昔，眼

① 俊乘坊重源，镰仓时代净土宗僧人，东大寺改建时曾为之尽力。

前所见之形状无可怀疑，不禁黯然泪下也。石头莲台和狮子之座等，仍高踞于茂密的荒草之上。那位释迦牟尼圆寂时，娑罗双树林一夜之间枯死，其遗迹也是如此吧？彼种情景如在目前。

荒草丛中有石座，佛身当与浮云齐。

眼前樱花开烂漫，想起当年参诣事。

伊势山田[①]

未知何种花，幽香阵阵来。

寒风吹我身，裸体何能为？[②]

菩提山

借问野外掘芋人，山寺[③]如何变荒凉？

龙尚舍[④]

青青嫩苇叶，此地叫何名？

---

① 伊势神宫之外宫（丰受大神宫）。

② 增贺上人（平安中期天台宗僧人），蒙伊势神宫之教，尽舍衣物给乞丐，自己裸而下山。

③ 真言宗的神宫寺。

④ 龙野传右卫门熙近，尚舍是号。伊势神宫的神官、学者。

画 | 笠松紫浪

网代民部雪堂[①]之会

梅树育梅花，代代皆风雅。

草庵之会

菜园植芋薯，门外草色青。

神垣之内没有一株梅树，我问神官，此中必有缘故吧？神官说："倒也没有多大缘由，境内自然不种什么梅树，只是子良之馆后头有一棵。"

童女性高洁，梅花伴伊开。

适逢涅槃会，神垣拜佛尊。

三月过半，心神不定，想起樱花盛景，引我前往。正要去观赏吉野樱花时，相约于伊良湖崎之一人，来伊势迎我[②]。他说要随我一起品味旅宿之情趣，一面为我做童仆，一面当途中之帮手，自名万菊丸。此乃真像一个童仆的称号，甚是有趣。临出门时，聊作戏语，于草笠内侧题一行字："乾坤无住同行二人。"

---

① 又称足代民部，即足代弘氏，神风馆一世，伊势俳坛重镇，雪堂乃其子弘员，继任神风馆二世。

② 指杜国。由伊良湖乘船来伊势。

桧笠啊桧笠，去赏吉野樱。
桧笠啊桧笠，伴我吉野行。　　万菊丸

旅具多而道途远，将一切尽皆舍弃。仅留纸衣一枚做寝具，雨衣一件，还有砚、笔、纸、药等，再加上饭盒箱，裹做一包，背在身上。即使空手，也已腿脚乏力，身上疲惫。步履迟缓，艰难备尝。

旅愁暮春长，宿馆藤花放。

初　濑[①]

春夜长谷寺，堂隅居何人?
潺潺樱花雨，寺僧履籍籍。　　万菊丸

葛城山[②]

闻言山神丑，平明花里看。

三轮多武峰[③]

脐岭，由多武峰至龙门必由之路也。

---

① 奈良县樱井市初濑，有长谷（初濑）寺。
② 位于大阪府和奈良县境。
③ 奈良县樱井市三轮町东边的山，山上有大神神社。

人在岭上歇，云雀山下鸣。

龙　门

花开龙门瀑，土产送酒仙。

吉野多美景，说与醉中人。

西　河

瀑水滔滔下，山花纷纷落。

蜻蛉瀑

布留瀑位于距布留宫二十五里之深山中，大和之国。

布引瀑，摄津之国，位于生田川上。

箕面瀑，位于通向胜尾寺途中。

樱　花

日行五六里，一路看花喜。

看花日已暮，明朝独空树。

举扇且歌舞，落花杯中浮。

苔清水

春雨潇潇下，树树清水流。

于樱花烂漫之吉野滞留三日，目睹朝夕美景，望残月之清雅，情满胸怀。想到摄政公[①]之御歌，心向往之，继而陶醉于西行折枝之咏。最后又忆起贞室[②]即兴之咏："花香满山野，徒有赞叹声。"而我却吟不出一句来。一味缄口不语，实在遗憾。出门时决意为吉野樱花写一首名句，此种风流仅此而已。想到此实感无趣。

高　野[③]

山中闻雉鸣，眷眷父母情。

落花满禅院，唯我俗人身。

和歌浦[④]

我来和歌浦，追索春未逝。

纪三井寺[⑤]

伤其足踵似西行。想起天龙之渡。借马时，上人之事浮于心中。山野海滨之美景见造化之功。追慕飘忽无依道人之迹，探问风流雅士之情。行旅之身，无器物之恋，两

---

① 镰仓时代初期歌人后京极摄政藤原良经。

② 贞德的门人安原贞室。

③ 和歌山县伊都郡高野町真言宗总本山金刚峰寺。

④ 和歌山市南方海滨。

⑤ 和歌浦东岸的金刚宝寺护国院。

手空空，无途中之累。缓步而行胜于坐轿，枵腹晚食甘于吃肉。道程无限期，朝发不定时。一日仅有二愿：只求宿馆舒适，草鞋合脚，如此而已。一时有一时之爱好，一日有一日之情趣。途中若遇稍解风雅之人，则其乐无比。平素迂腐顽固、不与为伍之人，一旦相逢于乡间小道，或于茅舍颓败之家遇见风雅之人，则宛若瓦里拾玉、泥中得金。书之于文，述之于友，此又是行旅之一乐矣。

更　衣[①]

脱去一夹衣，纳入背囊中。

欲将身上棉，卖掉换夏衣。　　万菊丸

灌佛之日[②]，于奈良各处参诣，见鹿产幼崽，适逢其日，甚是有趣。

灌佛之吉日，喜逢鹿生子。

招提寺鉴真和尚来朝之时，于船中度过七十余难，盐风入目，终至于盲。拜尊像而得句：

---

① 阳历4月1日为更衣日，脱去棉衣换上夏装。

② 一说四月八日（时年阳历5月7日）是释迦牟尼诞生日。

绿叶滴翠，为君拭去眼中泪。

奈良别旧友[1]

鹿角初长成，与君别离时。

大阪某人之所

八桥杜若花，旅中一话题。

须　磨

须磨夏月夜，庵主知何处？

望月犹不足，值此须磨夏。

四月中旬之天空，尚残朦胧之色。短夜月雅，山野嫩叶簇簇。天欲曙而杜鹃啼。黎明自海上来。上野一带麦浪渐红，渔人宅畔芥子花开，若隐若现。

遥望芥子花，好似渔人面。

此地分东须磨、西须磨和滨须磨，犹不见以何为其生业。古歌中有“煮藻为盐”之咏，如今似乎已无此种事。海

① 指在奈良再次会晤的伊贺上野俳人猿虽、卓袋和梅轩等。

岸有以网捕鳍鱼者，散乱晒于沙滩之上，乌鸦飞来叼之而去。渔人憎其行引弓射之——今日已无其术矣。若仍存古战场之遗迹，此事亦会有之乎？愈想愈觉罪孽深重。因怀恋往昔，遂登铁拐峰。所请向导为一孩童，厌其借口偷懒，一路好言相劝。我提议：“到山麓茶店略进饮食。”这孩童不得不应允。乡下孩子十六岁才可为人做向导，彼今年还差四岁，就攀登数百丈高山和羊肠险阻之山道，好几次险些滑落下去。紧紧抓住草茎竹根，气喘吁吁，大汗淋漓，方渐入云门。这一切皆托这位无可指望的引路导师之福也。

须磨渔人矢，远方杜鹃鸣。
杜鹃飞鸣去，岛影一漂浮。
青叶须磨寺[1]，何处听吹笛？

明石夜泊

月明照海夏夜短，章鱼投壶梦难成。

《源氏物语》中有“此地之秋”句。诚然，这须磨浦的真趣当在秋日。如今是夏天，无悲愁空寂可言。若值秋令，所作俳句或可表达我心情之一端，亦不觉心匠之拙矣。淡

① 通称福祥寺。传说寺中藏有平敦盛的青叶之笛。

路岛伸手可及，须磨、明石海面分列左右。“吴楚东南”[①]之咏当似此地之风景乎？善体物者察之，以为种种名胜之境也。又，后方隔一山有田井之田畴，相传为松风、村雨[②]之故里。白尾根有通往丹波之道路。钵伏崖、逆落谷等处仅留险名，由钟悬松向下俯视，一谷、内里之遗迹尽在目下。当时之战乱，源平之相争，时时浮现心中，历历如在眼前。二位尼君[③]，抱奉皇子[④]，女院[⑤]以裳裹足，跌伏于船篷之中；内侍、局[⑥]、女孺、曹子之类，艰难搬运各种道具，琵琶、琴等裹于被褥之中，投入船内；天皇所食之物散落于海成为鱼饵，栉笥纷乱，似海藻，渔人亦弃之不顾……回想此情此景，千岁之悲，留于须磨之浦。借问素波之音，仍深藏几多闲愁？

---

① 杜甫《登岳阳楼》：“吴楚东南坼，乾坤日夜浮。”
② 谣曲《松风》中行平于须磨爱恋的海女姊妹。
③ 平靖盛之妻，建礼门院之母。入佛门后称为尼君。
④ 后来的安德天皇。
⑤ 高仓天皇的中宫，安德天皇的生母建礼门院。
⑥ 持有自室的女官。

更科纪行

秋风乱入我心胸，不断劝我到更科[1]之里和姨舍山[2]上赏明月。正巧有人想出门旅行，以饱享风云之情。此人名越人[3]。木曾路山深道险，名古屋的荷兮子[4]为我们派了仆从，他担心我们的体力无法坚持连续数日的旅行，各方面想得十分周到，但看样子他对于行程和旅馆也不太清楚。所以我们不依靠任何人，即使有些事弄得颠三倒四，因为不是什么要紧的旅行，这样反而显得更加有趣。不久出发了，走到一个地方看到一位六十多岁的老僧，看不出有什么高兴和愁苦，只觉得有些闷闷不乐，背上的行李压弯了腰，气喘吁吁，脚步踉跄，一分一寸向前挪。和我同行的越人看了很是过意不去，将我俩背上的行李还有那位老僧

---

① 长野县筱之井附近地名。

② 即弃老山，位于长野县内，古代传说弃老之所。人过六十岁，则由儿女背至此处丢进山谷。

③ 越智十藏，名古屋人，蕉门。

④ 名古屋医师山本武右卫门，蕉门。

的行李捆在一起，放在马背上，让我也骑上了马。高山峻岭从头上压过来，左边是奔流的大河，道路旁的悬崖下面是万丈深谷。道路崎岖不平，坐在马鞍上也静不下心来，只是一味地担惊受怕。

过了木曾栈道和寝觉河滩[①]，从猿马场山口到立山口，称为四十八曲，蜿蜒回环，重重叠叠，仿佛走在云中之路上。我们走着走着，觉得目眩神摇，脚底飘空，而那位仆从骑在马上虽然东倒西晃，但一点也不害怕，从后头望去，有几次眼看就要掉下来，那情况实在危险。然而细想想，这浮世上蠢动着的众生，在神佛的眼里肯定都是这样的吧？人生无常，万物流转之迅疾，从我们自身也可获得明证，"尝尽度世艰难味，阿波鸣户无风涛"。[②]

夜晚求宿，想起白天的风景和未完成的俳句，取出携带的笔墨，卧于灯下，冥思苦吟。同路的和尚安慰我，生怕旅途的艰苦引起心中的悲思。他絮絮叨叨地对我说，年轻时祭拜土地神和阿弥陀佛，获得不少好处，连自己都觉得奇怪。由于他的打扰，一首俳句也未作成。一直未加注意的月影透过林间，由墙洞里照射进来。鸣板[③]和赶鹿的叫

---

① 木曾川激流经过之处。

② 德岛县鸣户海峡，以怒涛险波著称。此句相传为吉田兼好所作。

③ 驱鸟工具，将短竹筒系在木板之上，拉动绳子即发出声响。

声随处可闻。秋色寂寥，弥满天地。“今宵赏月宴，当浮一大白”，旅馆主人拿出酒杯，这个酒杯比普通的大一倍，绘着稚拙的泥金画。城里人见到这个都认为缺乏风情，不肯碰一下，而我见了却格外高兴，仿佛是碧碗玉卮。山中竟有此尤物也。

山间明月上，当绘泥金画。
栈道系人命，艳艳秋叶红。

岌岌栈道悬，何能渡官马?
雾晴栈道险，一望一悚然。　　越人

姨舍山

山中老妪哭，赏月可为友。
更科十六夜，赏月人未归。
更科赏名月，三宵晴无云。　　越人
纤纤女郎花，不胜露华浓。
萝卜辣心间，风凉秋渐深。
木曾多橡子，送与世人食。
相送相别离，伴我木曾秋。

善光寺

四门又四宗，处处一月影。

浅间[1]起风暴，磊磊山石飞。

① 浅间山，长野县境内著名的火山。

奥州小道

（一）

日月乃百代之过客，去而复来的旧岁新年也是旅人。浮舟江海送走一生和执辔牵马迎来老迈的人，日日都在旅行，长久羁旅异乡。古人多有死于行旅之中者。予不知从何年起，风吹片云，激起漂泊之思。去年秋，浪迹海滨归来，[①]拂去江上破屋陈旧的蛛网，住到年关。而今又想趁着云霞叆叇的芳春，越过白河关口。[②]仿佛邪魔附身，心烦意乱，好像神佛招引，欲罢不能。缝好裤子上的破绽，换上斗笠的带子，针过了“足三里”，心中早已记挂着松岛的明月。将住居转让他人，迁往杉风[③]之别墅。

① 此指贞享五年（元禄元年）八月的更科旅行。
② 位于今福岛县白河市。
③ 杉山杉风，芭蕉门人。

寂寞草庵易新主，桃花三月列偶人。[1]

将此句书于纸，挂在草庵的门柱上。

（二）

三月下旬之七日，黎明的天空烟雾迷离，残月淡影，富士山微微可见。附近上野、谷中的樱花何时再得一见？想来惆怅不已。亲朋故旧星夜齐集送行，乘舟同抵千住后，舍舟登岸。征途三千里，渺渺在一心。观人生如梦，感慨万端，立幻景之巷，前程未卜，洒泪作别。

春去鸟空啼，鱼眼浮泪滴。

权以此句作为出行的首句，然而依旧去意徘徊，且行且止。

人们排列途中相送，看来要直到望不见我的背影才会回去吧。

---

① 三月桃花节，女孩们列偶人庆祝自己的节日。

（三）

今年是元禄二年，忽然想到奥羽[①]作一次长途旅行。虽说明知会有“吴天落雪化白发”[②]之憾，但得以亲历耳有所闻而目未能见之诸方胜景，倘能生还，实乃一大幸事。寄望于茫然之未来，当日终于行至草加驿馆。瘦骨嶙峋，肩扛行李，不堪其苦。本想只身独行，但仍需纸衣一袭以防夜寒，单衣、雨具、笔墨以及亲友馈赠之物亦难以割舍，只好任其成为途中烦累，徒叹奈何耳。

（四）

参诣室之八岛[③]。同行曾良[④]曰：“此神谓之木花开耶姬，和富士同体也。入无门户之室，放火，若自身有疚，则誓同烈火同归于尽。烈火之中，彦火火出见尊诞生，谓之室之八岛。和歌里惯于咏烟，则由此而来。这里禁止烧食小鰭鱼。八岛明神此种风习亦传至世间。”

---

① 陆奥、出羽二国，今福岛、宫城、岩手、青森、秋田、山形六县。

② 《诗人玉屑》：“笠重吴天雪，鞋香楚地花。”谣曲《竹雪》：“彼非吴天雪，雪积竹笠化白发。”芭蕉兼而用其意。

③ 下野国都贺郡惣社村（今栃木县栃木市惣社町）的大神神社。

④ 信浓国诹访郡上诹访（今长野县诹访市）人，蕉门十哲。本名岩浓庄右卫门正字。曾良为其俳号。

（五）

三十日，宿于日光山麓。主人曰："我名叫佛五左卫门，因万事以正直为首，故人以此称我。虽一夜之宿，也请放心安睡。"真不知是何方神圣幻化于浊世尘土，救助我等桑门[1]云游乞食之人。留心观察主人举止，毫无急功近利之想，全然是个刚直质朴之人。"刚毅木讷近仁。"[2]天性清凛，至为尊贵。

（六）

四月一日，参拜日光山大社。往昔将此山写做"二荒山"，空海[3]大师于此开基建寺之时改为"日光"。莫非大师预见千年未来之情景？而今东照宫威光普照天下，恩泽达及八荒，四民[4]安居乐业。再复妄言，徒增惶恐，就此搁笔。

绿叶满山翠，日光遍地明。

---

① 桑门，指僧人。

② 《论语·子路》。

③ 空海（774—835），即弘法大师，平安初期高僧，唐时来华，书家，有名帖《风信帖》传世。日光山开基者实为胜道上人。

④ 四民指士、农、工、商。

（七）

黑发山烟雾蒙蒙，白雪皑皑。

剃发行至黑发山，正是伴师更衣时。　　曾良

曾良本为河合氏，名惣五郎，居于深川芭蕉庵附近，常助我薪水之劳。此次欣然愿同览松岛、象潟[①]之景，且慰我羁旅之劳苦，于山行之日，落发更衣，改俗名惣五郎为法名宗悟，固而有上述“黑发山”句。“更衣”二字颇具深意。

由大社沿山路上登二十町余，有瀑布。从岩洞之顶飞流直下百尺，落入千岩之碧潭。躬身入岩窟，由背后望之。故世人称此瀑为“反观瀑”也。

暂隐瀑布里，初感修行[②]时。

（八）

那须黑羽这地方有熟人。由日光入野越，欲抄近道。

---

① 酒田东北约五十公里，流入日本海的潟湖，与松岛同为景胜之地。
② 佛徒夏季修行九十日。

遥遥瞄准一村而行。雨降，日暮。于田家借住一宿，天明又行进于原野之中。田中有人放马。遂向一割草男子诉野道之苦，请求帮助。这位在田里劳动的村夫亦并非不懂人情，他说："如何是好？我不能为你们牵马而行。可那须野道路东西纵横交错，不熟悉本地情况的旅人，一定摸不清方向。我不放心，把马借给你们吧。等这马走不动了，再还给我。"他的两个孩子跟在马后头跑着，曾良问其中一个女孩儿名字，她回答"重子"。边鄙之地倒有此种罕见的雅称，曾良作句咏之：

此名好优雅，重瓣抚子花。　　曾良

不久进入村庄，把酬金夹在鞍套里，将马送还。

（九）

访黑羽的馆代净坊寺某人[①]。对于我们的突然造访，主人非常高兴，日夜畅谈不尽。其弟桃翠[②]朝夕陪伴。桃翠还将我们邀入自己家中，又受亲友招请，滞留数日。其间，

---

① 净法寺图书高胜，黑羽大关藩的城代家老。
② 高胜弟冈忠治丰明，俳号"桃翠"。

去黑羽郊外逍遥，看射犬[1]比赛之遗址。穿过那须著名的竹园，寻访玉藻神社前的古冢，然后参诣八幡宫。[2]据闻："与市宗高射扇靶之时，向本国家族之八幡神，捧誓祈祷也在这座神社。"越发感其神德之显著。日暮归桃翠宅。

附近有修验光明寺。应召拜行者堂。

夏山拜高屐，愿踏千座峰。

（十）

下野国云岸寺之奥，有佛顶和尚[3]山居之迹。不知哪一年，谈话中他对我说："居此山时曾作句：'小庵仅五尺，降雨欲弃之。'并用松炭写于附近岩石之上。"今策杖云岸寺，欲访其迹。然而，人们自动结成一团，年轻人甚众。途中很热闹，不觉行至彼处山麓。山呈幽深之气象。山路遥遥，松杉蓊郁，绿苔滴水，四月天气今犹寒。阅尽十景，此地有桥，可入山门。

彼旧迹究竟在何处？登台山，石上有小庵，倚岩窟而

① 盛行于镰仓时代的一种比赛，放犬于栏中，众骑手射之。
② 黑羽郊外的金丸八幡，今大田原市南金丸的那须神社。
③ 常陆国鹿岛郡札村人。在云岸寺修行，殁于此寺。

造。见之如妙禅师之死关[①]、法云法师之石室[②]。

啄木不啄庵，绿树枝叶浓。

即兴吟得一句，书于草庵廊柱之上。

（十一）

由此去杀生石[③]。黑羽之城代家老以马送行。“请为我写一首。”牵马人向我乞句。“你也爱好风流吗？”遂赠以句曰：

走马原野闻杜鹃，为我牵缰寻声行。

杀生石位于温泉涌流处之山阴。石之毒气至今未消。蜂蝶之类尸骸叠积，不见沙地之表。

那株“清水流离处”之柳，位于芦野之里，至今仍然留在田畴小道上。想起从前此地郡守户部某叫我看看此柳，

---

① 南宋原妙禅师，入杭州天目山张公洞，书匾额“死关”，十五年不出。

② 南朝梁法云法师晚年筑庵于孤岩之上，终日谈论不休。一说为宋之法云法秀圆通禅师，或大通善本禅师。

③ 玉藻神社前，有金毛九尾狐所化之石。因谣曲之《杀生石》而知名。

当时我问："在何处？真想看看呢。"今天这株柳树就在眼前，居然站到树荫里了。

种得片田人已去，我当辞别柳荫中。

（十二）

旅途上每日心绪不宁，来到白河之关，终于安定下来。"欣悦报都城"，此情可以理解。众多关口之中，此关为三关之一，风骚之士心向往之。秋风留于耳，红枫明于睇，青叶之梢犹可爱矣。水晶花白，野荆花盛，更添一层雪色。犹如冬雪之季过此关也。昔古人正冠整衣而后过。此事因清辅之笔录而存之。

水晶花开头上戴，权作丽衣过关来。　　曾良

（十三）

以此种装束过关行进，渡过阿武隈川。左方高耸着会津山；右方是岩城、相马、三春庄；后方连接常陆、下野国境，重峦叠嶂。经过影沼这地方，今日天气阴霾，映不出任何影像。

到须贺川拜访等穷[1]此人，勾留四五日。他先问："过白河作了什么俳句？"我回答："长途跋涉，身心困疲，且醉心于风景之美。因怀旧而断肠，未能尽情作句：

脚踏风流地，初闻插秧歌。

心想，既过此关，不写一句实在过意不去。"但以此为首句，又想写连句。等穷咏胁句，曾良咏第三句，而成三卷。

此宿驿之旁，有一位僧人[2]曾结庐大栗树荫下避世隐遁。吟咏"拾橡"之句的地方也是这里吧？感此处之闲寂，取纸作句，其词曰：

"栗"字上下写成"西"、"木"，同西方极乐净土有关。行基菩萨一生杖与柱皆用此木也。

不为世人重，栗花开檐头。

（十四）

出等穷宅五里许之桧皮宿馆，有浅香山，道路甚近。

---

① 相乐伊左卫门，等穷为其俳号，须贺川俳坛的领袖，芭蕉友人或先辈。
② 梁内弥三郎，俳号可伸，又栗斋。

这一带多湖沼。快到收割真菰时节了，见到当地人就问："花菰是一种什么草？"没有一人知道。寻找湖沼，逢人便念叨："菰草菰草"，不觉之间夕阳衔山。由二本松向右拐，见黑冢之岩屋，停宿于福岛。

（十五）

翌日，寻染布石，至忍之里。此乃遥远山坳里的小村，石一半埋于土中。村里儿童来告："此石过去在山上，因行人掐田里麦叶在石头上摩擦染色，村人生气将此石推进山谷里了。石面翻到了底下。"竟然有此种事啊？

素手纤纤采嫩叶，想起古代染布时。

（十六）

过月轮渡口，至濑上之宿馆。据闻："佐藤庄司[1]之旧迹，位于左方山脚一里半处，地名称饭冢之里鲭野。"寻了又寻，来到叫做丸山的小山。有人说："此乃庄司之旧馆也，山麓有大手门之遗迹。"巡视之，潸然泪下。旁有一古

① 从军于源义经而战死的佐藤继信、忠信兄弟之父。

寺，尚留佐藤一家之石碑。其中有两个儿媳之碑，碑文哀婉动人。虽为女儿，却以男子之勇闻于后世，令人泪濡衣袂。坠泪之石碑[①]亦不遥远。入寺乞茶，此处藏有义经之刀和弁庆之笈什物。

宝笈并太刀，当有五月帜[②]。

这天正是五月一日。

（十七）

当夜止于饭冢。有温泉，入浴后寻宿馆。仅于地上铺草席，乃贫家也。因无灯火，借地炉之光铺床而寝。入夜，雷鸣，雨骤降。床上漏雨，为跳蚤、蚊蚋所袭，不得入眠。旧病复发，痛不可支。短夜之天空终于放明，又登旅途。夜中之苦未消，心情沉重。雇马抵桑折驿[③]，前途遥遥。虽抱病出行，因足踏边鄙之土，即使舍身无常，倒毙途中，亦天命也。遂稍稍振作精神，勇往直前，随后过伊达之大

① 晋襄阳太守羊祜死后，人们为之立碑，盛赞其德，见者皆流泪，谓之堕泪碑。“坠”乃“堕”之误也。

② 五月男儿节，有男孩的家庭升鲤鱼旗庆祝。

③ 仙台松前街道之驿所。

栅栏。[1]

（十八）

经灯搢、白石城下町入笠岛郡。向人询问："藤中将实方[2]之家在何处？"告之曰："距此地尚遥远，位于右方山脚所能望见之村庄，谓之蓑轮、笠岛。今尚有道祖神社以及西行歌中所咏之茅草。"因五月雨浸，道路难行，身体疲惫，只能远望一下而过。"蓑"、"笠"等字皆与五月雨季甚合，故作句曰：

渺渺笠岛何处寻，五月雨路欲断魂。

（十九）

岩沼宿馆

见到武隈的松树，浑身神清气爽。松树一离开地表就分成两棵，不失往古之姿。首先想起能因法师，听说当时有位陆奥守，此人伐掉这棵树，做成名取川的桥柱。能因法师再来时，已不见松树，因歌曰："我来松树已无迹。"

---

① 文治五年（1189），平泉的藤原泰衡之奥州军迎击源赖朝之镰仓军时所设大栅栏。

② 平安时一条天皇时的歌人近卫中将藤原实方，因和行成口角，蒙罪被贬，左迁陆奥。

据说此后代代砍伐，代代种植，今仍将千岁之姿容呈现于世，实乃可亲可敬。

迟开的樱花啊，先师来临请赏武隈松。

我从江户出行时，门人举白[1]赠我此句，我以下句作答：

待我两棵武隈松，情深胜过三月樱。

（二十）

渡名取川入仙台。适值端午前一日也。求得宿馆，逗留四五日。此地有画工加右卫门者，听说是颇为风流之人，遂成相识。他说："历史无定说之名胜，近已可考。"某日引我等观览。宫城野荻草繁茂时，秋色当甚佳美。玉田、横野、杜鹃岭等地马醉木花开似锦。走进不漏一线阳光的茂密松林，曰："此处称木下。"古时乃露水极盛之地。古歌中咏道："不忘戴蓑笠，木下露如雨。"参诣药师堂、天满宫等，至日暮。犹有画着松岛、盐灶等处的方向图见赠。另外还有两双染着蓝色带子的草鞋。他是一个很懂人情世

① 草壁氏，住在江户的蕉门之一，商人。

故的人，此时已见分晓。

端午插菖蒲，脚上草鞋新。

照着他画的方向图前行，有一条叫做奥州小道的细长道路，沿山一侧生长着十符菅草。据说，如今每年仍编织十符的菅菰献给国守。

（二十一）

壶碑　位于市川村多贺城遗址

此壶碑高六尺余，横三尺。剥绿苔观之，文字幽渺，标明至四维国界之里数。还写着："此城，神龟元年[①]，按察使镇守苻将军大野朝臣东人之所置也[②]。天平宝字六年[③]，参议东海东山节度使同将军惠美朝臣朝獦修造而。十二月一日"时值圣武皇帝之年代。

往昔，古歌中的"歌枕"[④]多流传于后世，然而山崩地裂，河川改道，岩石为土所埋。树木老朽，再生幼苗新干。时移世转，歌枕之迹大半已不可考。唯有此壶碑无疑是千

① 圣武天皇即位之年（724）。
② 为镇守东北虾夷所置的役所。
③ 淳仁天皇年号（762）。
④ 古代和歌的出典之处。

岁之念，可阅古人之心于眼前。感行脚之一德，存命之忻悦，忘羁旅之劳顿，泪涔涔而落也。

（二十二）

接着寻访野田之玉川，冲之石。末之松山造寺，谓之末松山。松原林木之间皆为墓场。世上男女比翼连理之契，最终皆如此归于泉下。观之悲恻不已。入盐灶之浦，闻暮钟之声。五月雨晴，夕月迷蒙。渡附近之篱岛。渔人小舟，结伴划行。闻海边有分鱼之声。古人吟咏道："舟小缆堪怜。"我亦有同感。旅愁蓦然袭上心头。当夜听盲目法师弹奏琵琶，讲唱奥州净琉璃[1]。既非平曲[2]，亦不同于幸若舞[3]。其声调是乡间田舍之音，枕上听来稍觉喧嚷，然不忘边国之遗风，备觉殊胜。

（二十三）

晨谒盐灶明神。此神社经国守重建，宫柱粗大，彩椽绚丽，石阶高叠九仞，朝阳里玉垣生辉。如此偏远乡野，

---

① 由平曲、谣曲为源流的一种故事，或者由此发展而派生出来的音乐和戏剧。奥州净琉璃，即仙台地方特有的净琉璃。

② 讲唱《平家物语》的曲目。

③ 吸收平曲和曲舞中音乐的舞曲。

亦有神灵显现，实为吾国之风俗，何等可贵。

神前有古宝灯。铁扉之表雕着一行文字：“文治三年和泉三郎[1]寄进。”五百年之姿影，如今浮现于眼前，倍感难得。渠乃勇义忠孝之士也。英名至今，众皆仰慕。诚如古人云：“人能勤道、守义，名亦随之。”

日既近午，借船渡松岛，其间二里余，抵雄岛之矶。

（二十四）

虽属老生常谈，但松岛毕竟为扶桑第一好风景，可以同洞庭、西湖媲美。海水自东南涌入，江湾三里，潮涨似浙江。岛屿无数，耸峙者高指云天，低平者俯卧波中，或重重叠叠，或左分右连。负者，抱者，如爱儿孙。松林翠碧，潮风吹拂，枝叶摆动，时而屈曲，时而自行挺直。松岛气色窅然，如艳妆美人之面。抑或神明往昔，大山祇神一手所创。造化天工，谁人能挥笔尽言矣！

（二十五）

雄岛之矶毗连陆地，乃凸出海面之岛也。上有云居禅

① 藤原秀衡第三子，名忠衡，文治五年（1189），护卫源义经，为兄泰衡所灭。

师别室之遗迹、坐禅石等物。松林荫下，偶见厌世人来。闲居于松叶飘落、枝条掩映之草庵内，不与任何人相知，过往此处，实乃令人怀想。明月映海，白昼之景复又改观。归于江上求宿，有楼二层，面海开窗。旅途之夜，寝于风云之中，奇妙之情，不可言喻。

松岛赛鹤翔，声声子规啼。　　曾良

予缄口，欲睡不能。出旧庵时，素堂[①]有松岛诗，原安适松[②]赠浦岛之和歌。解袋取而读之，以做今宵之友。且亦有杉风、浊子[③]之发句。

（二十六）

十一日，诣瑞岩寺。当世三十二世之昔，真壁之平四郎[④] 出家，入唐归朝后开此山。其后，借云居禅师之德化，改筑七堂甍，金碧庄严光辉，成为佛土成就之大伽蓝。彼

① 芭蕉雅友山口素堂，居江户。
② 江户地下歌坛著名歌人，与芭蕉友善。医师。
③ 大垣藩士中川甚五兵卫。蕉门。
④ 镰仓时渡宋修行，归国后受北条时赖之请，入瑞岩寺，改禅宗，称法身和尚。

所见佛圣[1]之寺当在何处？予心慕之。

（二十七）

十二日，出发去平泉，闻说姊齿松、绪绝桥等，人迹稀少，雉兔刍荛之道，不知何处。故入歧路，至石卷之港町[2]。此地有金华山，大伴家持咏“黄金花开”以奉天皇之处也。由海上望之，数百回程船只集于港湾，房舍鳞次栉比，炊烟袅袅上升。无意之中来到此地，欲寻宿馆，却无处肯贷。终于清贫小户人家借得一宿，天明又继续无目的地赶路，一边侧目望着袖之渡[3]、尾驳之牧[4]、直野之萱原[5]；一边沿着长堤前行。心中没底，只是顺着长沼的道路走，在登米住了一宿，翌日到平泉。其间约有二十多里吧。

（二十八）

三代荣耀[6]于一睡之中。大门遗迹，位于此侧一里之

---

① 早于法身和尚，住在雄岛的高僧。
② 北上川河口之港湾城市。
③ 石卷北部北上川渡口。
④ 石卷东部丘陵。
⑤ 牧山东北，今石卷市真野之萱原。
⑥ 指藤原清衡、基衡、秀衡三代。

遥。秀衡之旧居，已成田野，唯金鸡山[①]尚存昔日之残形。登高馆[②]望之，北上川乃自南向北流去大河也。衣川[③]环绕和泉城，向下奔入此大河。泰衡[④]等旧迹，隔衣关紧锁南部口，以防夷狄也。聚忠义之臣，坚守此城，千秋功名，化为一时碧草。国破山河在，城春草木深。脱笠而坐，不觉潸然泪下，久久不忍离去。

夏草扶疏，将兵残梦难寻觅。

水晶花白，忽忆兼房[⑤]发如雪。　　曾良

二堂开账，久有所闻。经堂存三将之像[⑥]光堂纳三代之棺，安置三尊之佛[⑦]。七宝散失，珠扉为风所破，金柱朽如霜雪。本应早已颓废空虚、为荒草掩埋之地，而今四面新筑围圩，覆之瓦甍以避风雨，暂为千秋之纪念矣。

五月雨骤，光堂依稀留旧影。

---

① 秀衡仿富士筑山埋黄金鸡，用以守护平泉之山。

② 秀衡第三子和泉三郎忠衡之居馆。

③ 北上川支流。

④ 泰衡，秀稀次子，后为源赖朝所杀。

⑤ 兼房为义经之妻身边一老臣，即十郎权头兼房，义经居高馆而死时，他亦奋战身亡。

⑥ 指藤原清衡、基衡、秀衡像。实际上保留的是文殊菩萨、优阗大王、善财童子三尊像。

⑦ 阿弥陀如来、观世音菩萨和势至菩萨。

画 | 笠松紫浪

（二十九）

远望着南部公路前行，宿于岩出之里[①]。过小黑崎、美豆小岛，由鸣子温泉穿过尿前关，翻越出羽之国。此道路旅人稀少，在守关者惊疑的注视下，终于越过关口。登大山，日既暮，见守边境人之家而求宿。风雨交加而不得行。不得已逗留山中三日。

一夜蚤虱侵，枕畔马小便。

房东说：“由此至出羽国，大山阻隔，道路不明。最好有向导引路。”遂托他找向导。来一优秀青年，插着腰刀，手携樫木杖，走在我等前头。“今天肯定遇到危险。”战战兢兢跟在青年后头前进。正如房东所说，高山森森，不闻一声鸟鸣[②]。林下叶茂，光暗，宛如夜行，有“云端降土”[③]之感。披细竹而行，渡河遇岩石而仆。肌上流冷汗，行至最上庄。“平时此路必有麻烦，今天却很顺利，太幸运了。”向导高兴地同我们告别。事后听到这话，心中悸动

---

① 今宫城县玉造郡岩出山町。

② 王安石《钟山即事》：“一鸟不鸣山更幽。”

③ 杜甫《郑驸马宅宴洞中》：“已入风磴霾云端。”犹言云端之风卷沙而下。

不已。

（三十）

至尾花泽访清风[1]。此人有钱而不悭吝。常常往来于都城，亦深解人之心，挽留数日，慰我长途之劳，招待周至。

清凉供我宿，宾至如自家。
蚕室蟾蜍鸣，爬出给我看。
路旁红粉花，新妆作眉刷。
观彼养蚕人，依稀古时姿。　　曾良

（三十一）

山形领有山寺立石寺。慈觉大师[2]开基，殊清闲之地也，当一见之。听众人指点，由尾花泽逆行去立石寺，其间七里。抵时，日尚未暮。宿于山麓之坊。登山上之堂，岩石叠积而成山，松柏有年，土石古老，苔藓润滑。岩上院院闭扉，寂静无声。巡岸登岩拜佛阁，佳景寂寞，心境

---

① 铃木道祐，通称岛田屋人右卫门。
② 法名圆仁，平安时代前期高僧，天台宗山门派之祖。

澄澈。

四周多岑寂，蝉声入岩石。

（三十二）

乘船直下最上川，至大石田，以待好日。“此地有古俳谐之种遗落，想往昔有此不忘之花，遂解我芦角[①]一声之心，走上俳谐此道。然近时，徘徊于新旧两途，莫知所从，皆因无人引路之故。”因盛情难却，与当地人等作俳谐联句一卷。本次之旅遂致蕉门之风流存于此地矣。

（三十三）

最上川自陆奥流出，上游属山形，中游有棋点、隼等险要之处。流经板敷山之北，最后于酒田入海。两岸高山耸峙，船行于茂林之中。此乃运稻之地乎？似古歌中所咏“稻船”也。白练瀑飞流于绿叶之间隙。仙人堂临岸而立。舟下行颇险也。

---

① 不详。抑或据“胡角一声”（《和汉朗咏集》）的造语。

五月雨水涨，最上川流急。

（三十四）

六月三日，登雨黑山，寻访图司左吉者，在他引荐下，谒当代之会觉阿阇梨[1]。留宿南谷之别院，怜愍之情殷殷可感。

四日，于本坊有俳谐会，作发句：

难得南谷风，雪上吹我来。

五日，诣权现[2]。此山开祖能除大师[3]不知是第几代人。《延喜式》上写着“羽州里山之神社”。当时抄写时，也许将“黑”字误为“里”吧？“羽州黑山”简略为“羽黑山”乎？所谓“出羽”来自“此国将鸟之毛羽做贡物献给朝廷”之意，《风土记》上如是说。

羽黑山和月山、汤殿合称羽州三山。这座寺属武江东睿山，天台宗所谓止观行法如月明、圆顿融通之法灯长照。僧坊连栋，勉励修验行法，灵山灵地之验效，人贵而恐之。

---

① 天台宗高僧的职名。

② 羽黑山顶的羽黑权现（神佛化身）。

③ 崇峻天皇的第三皇子即蜂子皇子。“大师”普通为“太子”。

繁荣长存，实乃难得之宝山也。

（三十五）

八日，登月山。棉衣裹身，宝冠[①]包头。在名叫“强力”的人的指引下，行进于云雾山气之中。蹈冰雪，上登八里，仿佛进入日月行云之道，身冷气绝。至顶上，日没月朗。铺竹叶，枕小竹，横卧以待天明。日出，云消，下汤殿。

山谷一侧有铁匠铺之旧迹。此国之铁匠，选灵水，于此地洁斋铸剑，终于打造出名刀，刻铭“月山”，为世人所称赏。彼以龙泉[②]锻淬名刀，仰慕古代干将、莫邪乎？精于一道而专一道。坐于岩上稍事休息。三尺之樱，含苞待放。晚樱虽埋于积雪之中，仍不忘春天，此花甚劲健。如“炎天梅花”[③] 盛开于此也。想起行尊僧正[④]的歌，犹增哀怜之意。此山中之微细，作为行者之法式，禁止与人言。故就此停笔不记。

归坊，应阿阇梨之求，作三山巡礼之句，书于短册之上。

---

① 白布裹头，左右出两角。一称山伏头巾。

② 位于湖南省汝南都西平原。

③ 《禅林句集 · 七言对》：“炎天梅蕊简斋诗，雪里芭蕉摩诘画。”言其珍贵之意。

④ 平安朝末期天台宗寺门派的高僧。

清凉羽黑山，朦胧望新月。

云峰聚复崩，山头夕月明。

汤殿秘莫语，泪下襟袖湿。

踏钱拜汤殿，泪洒香火路。　　曾良

（三十六）

离羽黑，去鹤冈之城下，受到长山重行[1]武士一家迎接，作俳谐联句一卷。左吉[2]亦同行至此。乘河船至酒田港，宿于渊庵不玉[3]医师之家。

泊船温海山，吹浦晚凉生。

暑热方入海，凉起最上川。

（三十七）

见过江山水陆之风光无数，今又感慨于象潟之美。由酒田港向东北方，越山峦，走海滨，踏沙滩，其间十里。日影西斜之顷，潮风扬沙，雨雾朦胧，鸟海山隐约难辨。

---

① 庄内藩士长山五郎右卫门重行，禄高一百五十石，江户在职时，入芭蕉之门。

② 吕丸（露丸）之名。

③ 伊藤玄顺，庵号潜渊庵。酒田俳坛的重镇。

暗中摸索，雨又奇，雨后晴色又可待。屈身于渔人小屋，以待雨晴。

翌日天晴，朝阳四射。船浮于象潟，舟先泊于能固岛，访三年幽居之迹。驶向对岸，登陆，有“船行花上”之老樱树，以纪念西行法师也。江上有御陵，相传为神功后宫[①]之墓。有寺，称干满珠寺。未曾闻有行幸该地之事。此地有墓，不知何故。

坐于此寺之方丈，卷帘，风景尽在一眼之中。南方鸟海山撑天，山阴映于象潟之湾；西方有无形关路相连；东方筑堤，秋田之道遥遥；北方面海，波激浪涌，此乃汐越之所也。海湾纵横各一里，其景象似松岛，又各有异。松岛犹如美人巧笑，明媚娴静，象潟则似怨女敛眉，孤苦哀婉。地势亦使人忧心也。

风景一路来象潟，雨中合欢赛西施。

鹤落汐越浦，足湿海水凉。

夏　祭

象潟逢神祭，游人吃何食？　　曾良

渔家铺门板，海边乘晚凉。　　低耳

---

① 神功皇后是第十四代仲哀天皇的皇后，据传“三朝征伐”途中曾经过这里。

岩上见雎鸠巢

雎鸠作巢海岩上，风高浪激亦安然。　　曾良

（三十八）

惜别酒田又一日，望北陆云天，前程渺渺，中心悲恻。闻说至加贺府[①]百三十里。越鼠关[②]，改步行于越后之地，至越中国之一振关。此间九日，苦于暑湿之劳而得病。这些均未写下。

七月又六日[③]，不似寻常夜。

瀚海佐渡夜，高空横天河。

（三十九）

今天越过了所谓亲不知、子不知、狗回头、马回头等北国第一天险[④]，甚为疲劳。引枕而早寐，一间之隔，听到外面似乎有青年女子在说话，其中夹杂着老年

---

① 加贺藩城下町金泽。

② 位于出羽和越中国境的关所。

③ 暗喻七夕之前日。

④ 今青海町风波至市振之间海边断崖处的关所。相传为“犬回头马返辔”的东方险关。

男子的声音，看样子是越后国新潟的游女。女人去参拜伊势神宫，男人送到这座险关，明天就要打发他回故乡，顺便叫他捎封信带个话儿回去。游女们说："我们就像古歌中所咏的那样——浪迹天涯栖无定，身世飘零何所依？误落烟花，夜夜接客，前世究竟作了什么孽，以至于此？"听着听着就睡着了。翌日晨起出发之际，游女们对我们说："今天去伊势不知路径，途中甚感忧愁，很想跟师父们一道前行，哪怕一时赶不上也不要紧。出家人行善，让我们也分享一下菩萨的大慈大悲、结下佛缘吧。"说着流下泪来。看她们很可怜，但又无能为力。"我们走走停停，居无定所，无法一道同行。还是跟着到那里去的人一块走吧。有神明保佑，一定能平安到达。"我们说罢就上路了，可心里一直惦记着她们。

偶同游女共宿馆，明月高照胡枝花。

说给曾良，曾良写了下来。

（四十）

黑部川似乎有四十八险滩之称，此言不虚。渡过无数条河，来到那古之浦[①]。虽不是百花盛开的春季，但藤花洋溢着秋的情趣，也很值得一看。向人问路，那人说："担笼[②]距此地五里，沿海岸前行，然后再进入深山就能到达。但那里只有几座渔民草舍，租不到一家旅馆。"听到这话，我们吓了一跳，遂打消去担笼的念头，改向加贺国而去。

田中小路早稻香，右边有矶海水明。

（四十一）

越过水晶花山和俱利伽罗岭溪谷，到达金泽是七月十五日。正巧碰上从大阪前来经商的一位俳人，共居一馆。

此地有名一笑[③]者，热心于俳谐，广为世人所知。去年冬英年早逝。我来此，其兄召开追善[④]之句会。遂吟咏一俳句：

我来哭君君应知，泪裹秋风动荒坟。

---

① 今富山县伏木港东南新凑市一带海岸。
② 富山县冰见市附近。
③ 小杉味赖。通称茶屋新七。初游于贞门·谈林，后归蕉风。
④ 一笑之兄俳号乃松。

应邀入某人草庵[1]

入座草庵身凉爽，手边剥皮瓜茄子。

途中吟

烈日当头照，秋风已渐凉。

于小松

小松之名堪怜爱，风吹茅草胡枝花。

谒此地太田神社[2]，藏有实盛[3]的盔甲和锦袍。昔，实盛属源氏时，由义朝公之官位遭贬，故不持普通武士之物。盔甲前额和两侧雕着金色花纹，龙头制成锹形。实盛阵亡之后，木曾义仲悲其死，写了悼文，并此物奉纳给这座太田神社。樋口次郎[4]作为使节前来这里，往事如在目前，特作句述其缘起。

将军昔战死，兜下螽斯鸣。

---

① 斋藤一泉的松玄（少幻）庵。
② 今小松市上本折町的多太神社。
③ 实盛七十三岁染白发而勇猛作战，为义仲军所击败。见《平家物语》、谣曲《实盛》。
④ 木曾四天王之一的樋口次郎兼光，实盛的旧知。

（四十二）

去山中温泉的路上，望着白根山岳的背影而前行。左首的山脚有观音堂。花山法皇巡礼三十三所观音堂后，将大慈大悲观音像安置在这里，曾命名那谷寺，取其“那智”[①]、“谷汲”[②] 中各一字。奇石各呈其态，古松罗列。茅草小堂，造于岩上。乃殊胜之土地也。

石山石上秋风白。

于温泉洗浴。此泉之功效仅次于有马[③]。

山汤可延命，胜过菊露香[④]。

宿馆主人叫久米之助[⑤]，乃一少年也，他的父亲喜欢俳谐。当时，京都的贞室[⑥]尚年少，来此游，因俳谐之事，受风雅之辱。归京都后发愤图强，以贞德之门人知名于世。

---

① 和歌山县东牟娄郡那智胜浦町的那智山青岸渡寺。
② 岐阜县揖斐郡谷汲村的谷汲山华岩寺。
③ 神户市北区有马町的名泉。
④ 传说河南省郦县有自大菊花滴下的甘露，饮之可以长寿。
⑤ 泉屋甚左卫门的幼名，当时十四岁，俳号桃夭。
⑥ 安原化，名正章。京都人，贞德门的俳谐师。

贞室功成名就之后，此山中人有以俳谐求教者，亦不取分文谢礼。此事算起来，已是很久以前的事了。

（四十三）

曾良病腹，伊势国长岛[①]有亲友，他先到那里去了。

独携病体别师去，倒毙秋原亦甘心。　　曾良

他留下这样的句子。去者悲壮，留者叹惋。两只同行之凫，一旦分离，将迷于云天。[②]我也咏了一句：

当初“同行二人”笠，从今霜冷文字消。[③]

投宿于大圣持城外全昌寺[④]，此处犹加贺地也。曾良前夜亦宿此寺。他留赠我一句：

终夜闻秋风，萧萧过后山。

---

① 三重县桑名郡长岛町。
② 《蒙求·李陵初诗》：“双凫俱北飞，一凫独南翔。”
③ 笠上书“乾坤无住同行二人”的文字。
④ 加贺市大圣寺神明町熊谷山全昌寺。

一宿之隔，类同千里。我亦听秋风而卧于众寮中。黎明将近，闻读经声声。钟板鸣奏，与众僧共入食堂。今日欲进入越前之国，急匆匆走下堂来。年轻僧众携纸砚追至阶下。此时，庭中柳叶已落。

行前庭未扫[1]，柳叶满山寺。

随口而吟，穿着草鞋，书以赠之。

（四十四）

于越前国境，乘船渡吉崎湾，寻汐越之松。

一夜听波涌，谡谡松声频。
海水濡低枝，晏晏月将沉。　　西行

一首歌道尽此处万千景象，若辩一词，犹如“无用之指”[2] 也。

① 按常规，宿禅寺，晨起需扫净自己的宿舍和庭院。
② 《庄子·骈拇篇》：“是故骈于足者，连无用之肉也；枝于手者，树无用之指也。”

（四十五）

松冈天龙寺长老[①]，因有旧交，故造访。又有金泽之北枝[②]者，他说因出于仰慕，一路送我来到这里。这位北枝路上未放过一处风景，途中构思所作俳句颇有意味。今将作别，赠句如下：

临别扇上题赠言，各撕一半长相忆。

入五十丁山，拜永平寺。道元禅师[③]之开山寺也。此寺避开故都千里，存迹于山阴之中，亦诚可贵也。

（四十六）

永平寺距福井三里。吃完晚饭出行。黄昏的道路行走起来颇为艰难。这儿住着名叫等栽的老隐士，多年前曾到江户访我。已是十几年前的往昔了。他现在已经老衰，或者已经死去了吧。向人打听，那人说，现在还活着，住在哪里哪里。摸索着寻到市中一僻静处，只见一座简陋的房

---

① 当时住持大梦和尚，曾任职于江户品川之天龙寺。

② 立花氏，通称源四郎。芭蕉来游时入其门。后成为加贺蕉门的中心。

③ 曹洞宗之开祖，宽元二年（1244），受越前领主波多野义重的恳请，为由京都搬迁来的古佛寺开堂。两年后改称永平寺。

舍，缠络着牵牛花和丝瓜，入口掩蔽在鸡头米和扫帚草里。“就是这儿了。”一敲门，走出一个面容憔悴的女子：“何处来的和尚师父？主人到附近某某人家去了，有什么要紧事就到那里找吧。”看来是等栽的妻子吧。过去的故事也有这么一桩趣事，想来挺有意思。不一会儿，找到了等栽，在他家住了两夜，就匆匆离开福井，前往敦贺港去观赏中秋明月。等栽要送我到敦贺，他一身行旅打扮，执意为我引路，心情很是快活。

（四十七）

白根岳渐渐隐去，比那岳[①]出现于眼前。渡浅水桥，玉江之芦已秀穗。通过莺之关，翻越汤尾岭，便看见燧城[②]。归山连峰，初闻雁鸣。十四日夕暮，止宿于敦贺港。

当夜，月殊晴明。“明天夜里也当如此吧。”我说。“越路天气易变，明夜之阴晴很难预测。”主人边说边劝酒。夜里参拜气比明神[③]，此乃仲哀天皇之御庙也。社头神圣庄严，松间明月下泻，神前白沙如霜。宿馆主人说：“往昔，游行二世之上人[④]，立大愿，亲刈苇草，荷土石，填泥淖。

① 现在的日野山。福井县武生市东南的山峰。
② 木曾义仲的城迹，位于今庄町藤仓山东端。
③ 敦贺市曙町的气比神宫。
④ 继承时宗开祖一通上人（游行上人）之后的游行二世他阿上人。

此后往来参诣再无行路之烦。古代之惯例延续至今，人们在神前敷以细沙。此种事情称为‘游行献沙’[1]。”

游行神前影，月色沙上明。

十五日，如宿馆主人所言，落雨。

明月忽转雨，北国无久晴。

（四十八）

十六日，空中晴朗。飞舟去种之浜[2]，拾取小贝。海上有七里行程。天屋某，精心准备了破筐、小竹筒等物，请众多船夫登上船，一帆风顺，很快驶到种之浜。此地尽是渔人小屋，有一座香火冷落的法华寺。于寺中休息，温酒[3]，不堪夕暮之岑寂。

秋夜种之浜，孤清胜须磨。

波间小贝闪，偶见草花屑。

---

① 为纪念游行二世之事迹，代代的游行上人来敦贺时，都举行仪式，将海岸白沙运来神前。

② 敦贺湾西北部海岸。

③ 《和汉朗咏集 · 秋兴 · 白乐天》：“林间暖酒烧红叶。”

当日行乐之状，令等栽书之，留于寺中以作纪念。

（四十九）

露通[1]前来敦贺港迎接，伴我赴美浓国。乘马进入大垣町，曾良由伊势来。越人[2]自名古屋亦驰马前来。众聚集于如行[3]之家。前川子[4]、荆口父子[5]，以及其他亲友，日夜来访，如会见死后复生之人，为我的平安感到高兴、快慰。旅途之劳顿尚未消除，已到九月六日，为了参谒伊势的迁宫典礼[6]，又乘船开始了新的旅程。

蛤身难离壳，分别在晚秋。

---

① 斋部露通。蕉门。
② 越智氏，名古屋蕉门。
③ 近藤如行。原大垣藩士。蕉门。
④ 津田氏，大垣藩士。蕉门。
⑤ 宫崎太左卫门。大垣藩士。蕉门。有三子：宫崎此筋、冈田千川、秋山文鸟。皆为蕉门。
⑥ 伊势神宫每二十一年大修一次，需转移神像等物。元禄二年（1689）九月十日为内宫大修，十三日为外宫大修。

嵯峨日记

元禄四年辛未，四月十八日。

游嵯峨，到去来的落柿舍[①]。同来的凡兆日暮返京都。予暂可勾留数日。在去来的指挥下，修补障子门的破洞，拔除院中的葎草。于舍中一隅辟一间寝处，室中置一书桌，桌上摆砚、袖珍本《白氏文集》[②]、《本朝一人一首》[③]、《世继物语》[④]、《源氏物语》、《土佐日记》、《松叶集》[⑤]等。还有绘着中国漆画的五段食盒，盛着各种点心、酒菜。另有美酒一壶，附一酒杯。被褥和副食均自京都运来，足够使用。我忘却贫贱，怡乐于清闲之境。

---

① 位于京都北郊下嵯峨，蕉门向井去来的别墅。

② 白居易诗集。

③ 林恕（林峨峰）编。选自天智天皇至德川义直年间名家汉诗一人一首计三百余篇。

④ 又名《荣花物语》或《大镜》。

⑤ 《松叶名所和歌集》，收入全国名胜和歌。

十九日。

午后诣临川寺[①]。大井川自眼前流过。右首岚山高耸，绵延至松尾之里。参拜虚空藏的人来来往往。松尾竹林中有小督[②]旧居，这旧居上下嵯峨有三处，究竟哪一处是真的呢？那位源仲国听琴音寻访小督，这附近有“勒马细听”的勒马桥。这里当是真正的遗址无疑。这里的小督墓位于三轩茶屋之邻的竹林丛中，墓前植樱花为标记。她一度同朝廷高官共起居，最后化为竹丛中的一芥尘埃。这使我想起“昭君村中柳，巫女庙里花”[③]的往昔来。

身葬竹林内，婀娜化玉笋。

岚山青竹茂，叶翻知风劲。

斜日西坠，归落柿舍。凡兆自京都来，去来返京都。晚上早寝。

二十日。

至北嵯峨爱岩山观看爱宕权限寺祭[④]。凡兆妻羽红尼

---

① 大堰川畔渡月桥东北临济宗之寺院。

② 高仓天皇宠姬，受清盛压迫，隐居嵯峨。天皇命源仲国寻找回宫，后再度为清盛所迫，落发为尼。

③ 《白氏文集卷十七·题峡中石上》：“巫女庙花红似粉，昭君村柳翠于眉。”巫女即巫山神女。

④ 阴历四月二十日举行的祭祀。

来。去来自京都还。言途中所得句。

儿童田中嬉，麦穗高过头。

落柿舍往昔主人建造后未曾修缮，处处破败不堪。但比起过去的豪华，眼下这副倾颓的样子反而更令人向往。雕梁画栋，受到风吹雨打。奇松怪石，隐于荒草之下。竹廊前有柚木一株，花气芬芳。

柚花香袭人，广厦何处寻？
杜鹃鸣上下，月夜竹萧森。
蕉师滞在日，红莓花更红。　　羽红尼

去来兄之内室送来点心和食品。今夜凡兆、羽红夫妇留宿。上下五人共卧一顶蚊帐中，拥挤难眠。夜半皆起，取出白天的点心和酒，一直畅谈到天亮。我想到去年夏，住在凡兆家，二叠大的蚊帐里卧着天南海北四个人。我写了一首俳句："同床不同梦，各自想心事。"大家听罢笑了。明晨，羽红、凡兆回京都，去来仍留下。

二十一日。

一夜未睡，精神不佳。天气也不如昨天。早晨起来就阴天，似乎要下雨。整日眠卧。至晚，去来回京都，今宵无人。因昼寝，夜不能寐。去年在幻住庵写一旧稿，现取出誊抄。

二十二日。

早晨下雨。今日人少，十分无聊。随意书写，以慰清寂。其言曰：

“居丧者以悲为主，饮酒者以乐为主。[①]”

“无寂则忧。”西行上人叫人应孤寂为主。西行上人还吟咏道：

独居山乡里，气静心自安。

布谷声声起，欲呼何人还？

独居最为有趣。长啸隐士[②]曰：“客得半日闲，主失半日闲。”素堂常言及此语。我又吟道：

我心已多忧，布谷再添愁。

---

① 《庄子 · 渔父》：“饮酒以乐为主，处丧以哀为主。”

② 木下长啸子，师从细川幽斋的歌人。因秀吉之缘为小浜城主，后隐栖京都郊外，著有《举白集》。

这是独居某寺时的句子。

日暮，去来自京都写信来。信中说：

“乙州[1]由江户归，带来众多旧友和门人的消息。其中有曲水[2]的信，说他曾寻访我在深川住过的芭蕉庵，见到了宗波[3]。”还附了一首俳句：

当年谁人洗锅处，今日艳艳紫堇开。

又曰：

“我现在的住居，论庭院仅有一丈五尺宽，论树木只见一棵青青的枫树。”

信中还有如下俳句：

幼枫茶色美，初夏盛一时。

岚雪有信来。

蕨菜夹薇草，去掉此尘杂。

佣人交替日，童心倍忧戚。

---

① 川井又七，大津的蕉门。
② 蕉门。后称曲翠。
③ 居于芭蕉庵附近的禅僧。

此外还有许多来信，皆诉离别相念之情。

二十三日。

夏日拜夜月，拍手空中传。
竹笋惹怀思，幼年学画时。
日日麦渐熟，云雀啼不息。
无才徒空卧，鸟啼不得眠。

二十四日。[①]

题落柿舍

豆田木柴屋，四围多遗迹。　　凡兆

日暮，去来自京都还。
膳所昌房[②]来信。大津尚白[③]和尚来信。
凡兆来。坚田本福寺住持[④]来访，住一宿。
凡兆返京都。

---

① 原文未附日期，此日期为译者加。——译者
② 蕉门。矶田氏。通称茶屋与次兵卫。
③ 蕉门。江左氏。医师。
④ 本福寺十一世住持千那。蕉门。

二十五日。

千那回大津。

史邦[①]、丈草[②]来访。

题落柿舍

深对峨峰伴鸟鱼，

就荒喜似野人居。

枝头今欠赤虬卵[③]，

青叶分题堪学书。　　丈草

寻小督坟

强搅怨情出深宫，

一轮秋月野村风。

昔年仅得求琴韵，

何处孤坟竹树中。　　丈草

途中吟

杜宇啼夏木，春鸟鸣梅樱。　　丈草

---

① 蕉门。中村氏。尾张犬山人。

② 蕉门。内藤氏。原尾张犬山藩士，后遁世住在近江松本。

③ 红柿子之异称。

黄山谷之感句

杜门觅句陈无已[①]，对客挥毫秦少游[②]。

乙州来，闲话江户见闻，并携燃烛五分[③]所作俳谐一卷，其中有如下诸句：

半僧又半俗，膏药坠怀中。
山高路且险，打马过碓冰[④]。　　其角
渔夫背鱼篓，月下人狂舞。
秋风破苇屋，岸边浪民住。　　其角
宇津山[⑤]中女，借衣一夜宿。
伪言攻芳心，坦然许其身。　　其角

午后四时，风雨雷霆骤至，降冰雹。雹大三分。大者如杏，小者如栗。相传，龙过空中则雹降。

---

① 陈师道，以山谷为师，作诗推敲甚严。
② 秦观，作诗工巧，善书。
③ 犹言速吟联句。
④ 群马县碓冰郡和长野县北佐久郡之间的高山险道。犹言半俗之人乘马巧越此处天险。
⑤ 静冈市丸子和志太郡之间的宇津谷山口。

二十六日。

此处柿树多，幼芽发二叶。　　史邦

白白水晶花，散地犹如尘。　　蕉
蜗牛双角软，伸缩行路难。　　去
汲水辘轳井，须待前人后。　　丈
残月天边照，三度飞脚行。　　乙

二十七日。

人不来，终日得闲。

二十八日。

梦中述说死去的杜国之事，涕泣而醒。

心神相交之时，则有梦。阴尽而梦火，阳尽而梦水。飞鸟衔发之时则梦飞，敷带就寝之时则梦蛇。《睡枕记》[①]、槐安国、庄周梦蝶，皆有理而曲尽其妙。我梦而非圣人君子之梦。终日妄想散乱之气而又有夜阴之梦。此种梦见杜国之梦谓之念梦也。杜国深爱慕我，访我至伊阳旧里，夜同床起卧，共尝旅途之劳。百日之旅，如影随形。时而同

---

① 疑指记述邯郸之梦的《枕中记》。

我嬉戏，时而陪我悲戚，其志深深浸我心中，一定是我无法忘记他吧。醒来又泪湿衣袂。

二十九日。

读《一人一首》中写奥州高馆的诗。

三十日。

高馆耸天星似胄，衣川通海月如弓。[①]

此诗与当地风景不甚符合。古人云，不至其地，不见其景。

五月一日。

江州平田明昌寺李由来访[②]。

尚白、千那来信。

残笋已长大，皮绽带露白。　　李由

此时入夏令，不着四月衣。　　尚白

佭　岐[③]

端午妻伴夫，携粽回娘家[④]。　　尚白

---

① 无名氏七言绝句《赋高馆战场》前二句。经芭蕉实地考察，所言非也。

② 彦根市平田町明照寺。李由为该寺住持，蕉门。

③ 其意不详。

④ 婚后最初的节日，新婚夫妇相偕至女家，赠以粽子。

二日。

曾良来。谈及最近入山寻访吉野樱花，至熊野山参诣之事。还有江户旧友、门人诸情况。山南海北，多所涉及。

吉野至熊野，越山望远海。　　曾良

我来访大峰，吉野花事终。

夕阳西下，乘大井川船，沿岚山溯流而上，至户滩急流中。雨降，日暮时返回。

三日。

昨夜起下雨，终日终夜未停。曾良继续谈论昨日江户诸事。东方既白。

四日。

昨夜未睡，因疲倦，眠卧终日。昼起雨止。

欲于明日离落柿舍，因不忍骤去，故将诸屋一一仔细看过，作句如下：

五月雨淋淋，破壁贴纸痕。

俳文编

画 | 笠松紫浪

一 《合贝》序

宽文十二年（1672）正月，芭蕉二十九岁，以松尾宗房撰之名义，向乡里伊贺上野天满宫奉纳《三十番发句之合句[①]》，此为自序。之后，新风“谈林”迅疾流行起来。因之，《合贝》当为其先踪。

“小六拄竹杖，节节多小曲。”[②]作为流行歌的素材，将平时吟咏之发句集中起来，分列左右，二人或多人共同唱和，两两对照。其一侧乃为余之拙作，聊以慰君之笔意，志其清浊高下，制作为三十番发句之合句，其发想类太刀折纸[③]格式与作法抑或稍嫌繁杂，然一任本人随意写来，披

① 原文作“发句合”，又称“句合”。仿照“歌合”将发句（和歌开头一句或五七五组成的俳句）分列左右，由判者决定优劣。

② 关东小六，庆长时住在江户赤坂的美男子。他演唱的歌，谓之“小六节”。日语中的“节”，即“小调”之意，同竹节之“节”相谐，故以“竹杖”喻之。

③ 日语“太刀”同“发想”（“思立”）发音近似，“折纸”即“奉书”之意。

露于世。

此发句之合句名曰“合贝”，取自合贝之游戏。将两贝相合，以所得数目多少决定胜负，与“合贝见胜负”意义相同。[①]又如，将神乐[②]之发句置于卷尾，亦来自往古“神心因歌而和悦”[③]之说法。发句及判词即使不合小歌之规范，但愿能窥见余之一片真诚之心。特将所作奉纳于当地伊贺上野天满大神宫[④]之御社。

宽文十二年正月二十五日[⑤]，
伊贺上野松尾氏宗房自序于钓月轩。

---

① 流行于平安末期的一种游戏，将三百六十个蛤贝各分为左右两片，左贝为“出贝”，右贝为“地贝”。将“地贝”排列于地上，甲壳朝上，以“出贝”逐一合之，所合多数者为优胜。

② 宫廷里祭神时所演奏的舞乐。

③ 谣曲《蚁通》：“神心和于歌。”

④ 祭祀文事神菅原道真的神社。

⑤ 这年为菅公七百七十周年忌日，每月二十五日，为天满宫的例行祭日。

二 《十八番合句》跋

延宝六年（1678），三十五岁作。由六番和十二番前后两编组成的“四季发句合”，芭蕉为之作判词，末尾缀以跋文。

前后十八番之“合句”，不才被指定为马头[①]，成为品评胜负之博士。遂摆出俨然之架势，欣欣然于合句之侧写下判词，将其作分为上、中、下，愿博得识者首肯。

延宝六年初冬之日　坐兴庵[②]桃青

① “判者”之意。
② 芭蕉当时的庵号。

三 《常盘屋合句》跋

延宝八年（1680）三十七岁作。杉风[①]以“青物”（蔬菜）为题，自咏五十句分列左右，为二十五番合句，芭蕉为之作判词出版。此为附于卷末的跋文。

诗，自汉至魏凡四百余年，英才辈出，诗风三变。和歌之风流亦代代嬗变。至于俳谐，年年异其趣，月月出其新也。

如今，杉风集“青物”之种种，作成二十五番合句，求余判定其胜负。读之，句句皆清丽高雅，立意新颖，所见者幽也，所思者玄也。或可代表今世之句风乎？且此合句命之为“常盘屋”[②]，此乃颂扬太平盛世之名也。

每想起神田须田町之情景，千里之外的菜蔬由雪兽

① 杉山杉风（1647—1732），“蕉门十哲”之一，通称鲤屋市兵卫，号採菜庵、五云亭、蓑翁。除本文外，著有《杉风句集》。

② “常盘”，“不变之岩石”之意。“盘”，同“磐”。

麒麟[1]背负而来，凤凰之蛋[2]亦可埋于米糠之中运送。雪中蘘荷、二月之西瓜、朝鲜绿叶人参、唐土之辣椒，如今都聚集于江户。太平之世，风不鸣甘蔗之枝，雨不动土中生姜，[3]杉风之作与繁荣之当世甚合，且顺乎俳谐之流风。愿此等句作如新菜之鲜润，如幼松之千岁。祝此种句风如草叶之露，晶莹剔透，久而不散；似角豆之丝，长传后世。当后人仰望蚕豆垂挂于天空时，定会对现在太平盛世眷恋不已。

时延宝八年庚申年末秋九月　华桃园

---

① 意指千里马。
② 极言稀有之物。
③ 王充《论衡》："儒者论太平瑞应，……风不鸣条，雨不破块，五日一风，十日一雨……"

四 《柴门》辞

延宝八年（1680）末作。是年冬，芭蕉结束江户市中心的生活，迁入深川的草庵。

九年春秋，孤居于市中[①]，终得以移居深川之畔。“长安古来名利地，空手无金行路难。”[②]深悟说此话人之贤，皆因此身清贫之故也。

柴门萧索居寒士，风吹木叶作抹茶。　　芭蕉

---

① 日本桥附近的本船町。

② 白居易《送张山人归嵩阳》。

五 《为我》辞

天和元年（1681），三十八岁作。

石河　北鲲生之弟山店子[①]，慰我苦寂，煮芹菜饭，持来献。此乃金泥坊底[②]之芹乎？今犹感其世之清苦。

喷喷香芹饭，仙鹤[③]一片情。

① 石川北鲲是延宝八年（1680）刊行的《桃青门弟独吟二十歌仙》中的作者。山店为其弟。

② 据杜甫诗。“金泥”当为“青泥”。《杜律集解·七言上》：“盘剥白鸦谷口栗，饭煮青泥坊底芹。”（《崔氏东山草堂》）《杜律集解·头注》：“蓝田县东有白鸦谷，谷有翠微寺。谷口出栗。又县南有青泥水。”“坊底”即堤防下，“青泥坊下”为芹菜著名产地。

③ 饭盘上饰一纸鹤。

六　独寝草之户（《芭蕉狂风》辞）

天和元年（1681）秋作。

老杜有《茅屋为秋风所破歌》，坡翁为此诗所感，又作“屋漏”之句[①]。其世之雨又打庭中芭蕉，声声可闻。独寝此草之户。

夜中狂风摇芭蕉，草庵渗漏雨打盆。

① 苏轼《张作诗送砚反剑，乃和其诗，卒以剑归之》：“那将屋漏供悬河。”又《连雨江涨》：“床床避漏幽人屋。”

七　乞食翁（《橹声打波》辞）

天和元年（1681）末作。

窗含西岭千秋雪，
门泊东海[①]万里船。　　泊船堂主　华桃青

我识其句，不见其心。只知其忧，不知其乐。唯有胜老杜之物，独多病也。躲于闲素茅舍之芭蕉树下，自谓乞食翁。

橹声打波夜如冰，饥肠辘辘泪交流。
贫山之釜不成钟，夜冷霜寒空自鸣。[②]

① 芭蕉改“东吴”为“东海”。
② 《山海经》：“又东南三百里曰丰山……有九钟焉，是知霜鸣。”

买　水

买水冻作冰，偃鼠仅润喉。[①]

岁　暮

岁暮草庵冷，徒闻捣糕饼。[②]

---

① 《庄子·逍遥游》:“鹪鹩巢于深林，不过一枝；偃鼠饮河，不过满腹。”
② 日本习俗，过年时家家捣年糕。

八　雨笠

天和元年（1681）作。

坡翁于云天[1]之笠下，振江海之蓑。[2]西行躲雨于无为之巷，蔽笠可贵。黄莺穿柳，梅花做笠，戴之以隐其老。悄然来到阿妹之家，正在依依难离之时，猛然下起雨来，于是戴上雨笠。骤雨袭来，以肘做笠，俄而浑身透湿。同路人啊，请给主人一把伞吧。莲叶之笠最好，此笠不艳亦不美，正如田中稻草人所戴之物，为风所破，为雨所蚀。笠之主人亦待风雨来袭，以尽风雅之情。

处世正如宗祇语，艰难好比躲时雨。[3]　　泊船堂芭蕉翁

---

① 云天，犹言广大之天空。李白《望庐山瀑布》："初惊河汉落，半洒云天里。"杜甫《赠比部萧郎中十兄》："漂荡云天阔。"《庄子内篇·大宗师》："黄帝得之，以登云天。"

② 振蓑，即振衣，拂去世尘之意。古称在野之人为"江海之士"。

③ 宗祇有"处世更如躲时雨"句。时雨，即秋冬时节下的雨。

九　寒夜辞（《橹声打波》辞）

天和元年（1681）冬作。

于深川三股附近结草庵而独居[1]。远望士峰[2]之雪，近浮万里之船。早朝起锚，船尾白浪即逝。风打芦苇，枯叶飘飞如梦。日下独坐，叹酒樽之空空。依枕欲睡，悲布衾之薄寒。

橹声打波夜如冰，饥肠辘辘泪交流。

---

① 隅田川新大桥和清洲桥中间，今东京都江东区常盘町有芭蕉庵遗迹。
② 富士山。

十　糊笠

天和二年（1682）冬作。

坡翁倾云天之笠，老杜戴吴天之雪。草庵寂寂，亲手裱糊雨笠，以效西行法师顶笠之孤旅也。

人生此世上，犹似宗祇躲时雨。　　江散人芭蕉

十一　夏野画赞（《信马由缰》辞）

天和三年（1683），四十岁作。天和二年十二月十八日，驹込的大圆寺失火，芭蕉庵亦为火焚。芭蕉因而借寓于甲斐山中，至翌年五月。此间曾乘马游夏日之原野。

这位戴笠乘马之人自何方来，又欲何方去？主人告之曰：此画乃写余旅行之姿态。但愿三界[1]流浪之股臀，不至于颠簸成伤矣。

骑马高原上，观画思夏野。　　芭蕉翁

① 过去、现在、未来等三边之意。或指欲界、色界和无色界之三界。

十二 《虚栗》跋

天和三年（1683）五月，为其角所作《虚栗》题跋。此文乃芭蕉决心脱却谈林、转向新风之宣言。此时，尝尽流寓甲斐之困苦，其心境愈见深沉。

《虚栗》一书，其味有四。

尝李、杜之心酒，啜寒山之法粥。故其句，所见者遥，所闻者远。素淡风雅，不在今世。如访西行之山家，拾人所未拾之蚀栗也。叙写情恋，尽得其妙。昔，西施举袖掩面；今黄金铸小紫[①]。上阳人[②]闺中，茑萝生衣桁也。民家小女，长于深闺，为人不知。出嫁之后，婆媳辄相争。

---

① 《锦绣段》："破吴不论功第一，黄金只应铸西施。"小紫，当时吉原游女。

② 白居易《上阳白发人》。指不遇之宫女。

寺中小儿[①],不舍歌舞伎中少年[②]之情。将白乐天之诗改为日本之假名，以入文字之道。为初学者进入俳谐之门径也。

其语，变幻自在，以虚代实。犹如于宝鼎[③]炼句，于龙泉[④]冶文字。此书，必非他人之宝，而为汝之宝也。以待后之盗人矣。

天和三年癸亥仲夏日　芭蕉洞桃青鼓舞[⑤]书

---

① 寺院中少年男仆。

② 歌舞伎乃日本古典戏剧之一种，中有少年演员。犹言寺儿和小演员皆为“男色”之对象。

③ 《史记·孝武本纪》:“黄帝作宝鼎三，象天地人也。”

④ 《后汉书·韩棱传注》:“晋太康记曰，汝南西平县有龙泉水，可淬刀剑，特坚利。”

⑤ “欣然而作”之意。

十三　歌仙赞（《伊予之国松山……》）

天和年间［疑为天和三年（1683）］作。伊予国（爱媛县）松山之井海，送歌仙一卷，发句为“雪落翁闲芭蕉洞”。对于江户俳坛中拥有众多得力门人、欲树新风的芭蕉之作风，具有共鸣，并表示支援。芭蕉应之，草此赞文。

伊予国松山之岚气，吹响芭蕉洞之枯叶，其声如吟三十六歌仙一卷。噫，翏翏刁刁之风音，鸣玉佩，震金铁，或强或柔，且使人泣，起人思也。万窍怒号，声声铿然，句句意味，各相异也。唯是天籁自然之作者。

芭蕉，叶破，风飘飘。

十四　士峰赞（《云雾》辞）

贞享元年（1684）秋四十一岁作。是年八月，芭蕉离江户作《野曝纪行》之旅。越箱根时，作俳句“雾雨藏富士，妙在不言中。”此《云雾》句亦作于同时。

昆仑远闻。蓬莱、方丈，仙地也[①]。眼前之士峰，拔地支苍天，为日月开云门[②]。四方对之皆如正面。美景千变，诗人无以尽句，才士、文人无以为言。画工舍笔而走。若藐姑射之山[③]有神人，其能识乎？其能绘乎？

云雾来复去，百景一瞬间。

---

① 《史记》：“海中有三神山，名曰蓬莱、方丈、瀛州。”

② 云出之门。

③ 北海中仙人居住之山。《庄子·逍遥游》：“藐姑射之山，有神人居焉。”

十五 《寝马》辞

贞享元年（1684）秋作。记述《野曝纪行》旅途的感怀。纪行文可能是最终的定稿。作为俳文，（2）和（6）历来为人所知，其（6）最接近《野曝纪行》中的一节。此外，原著中还列出（1）、（3）、（4）、（5）四种异文，选其（6），其余省略不译。

阴历二十后的月亮微茫可见。山麓暗黑。马上垂鞭，行数里不闻鸡鸣。想起杜牧《早行》之诗。行至山中，残梦忽醒。

马上惊残梦，月远茶烟升。　　芭蕉

十六 《兰之香屋》辞

此为写在绢上的芭蕉真迹。贞享元年（1684）八月末，《野曝纪行》旅次，芭蕉参拜伊势神宫后，曾走进某茶店，同茶店主人蝶对话。方知西山宗因也来过这里。

昔难波津之翁[①]曾经过此处，于真葛之一叶上留下老人感怀之笔。如今露退雪消，几度秋草。同女主人蝶相见，犹如庄周之梦矣。

兰香熏蝶翅。　　芭蕉

① 西山宗因，难波（大阪）天满宫连歌宗师。

十七 《种植茑萝》辞

《野曝纪行》中有此句。序文中亦有“访闲人茅舍”之记载。由此可知，此文乃芭蕉于伊势访“闲人”之后所写。“闲人”即杉木正英，此人乃茶人宗旦（千利休之孙）“四天王”之一，又名杉木普斋（1628—1706）。

杉木氏正英游好士利休之茶道，乐居于植竹之庵。此庵不大，只可坐三四人。其庭古朴而巨石纵横。周围草木茂密。竹丛中可见茑萝缠绕。

茑萝青竹四五棵，寂寞唯有风吹过。　　翁

十八　脱谷之音（《不知冬日》辞）

贞享元年（1684）九月，《野曝纪行》旅次，住在同行者千里故乡竹内村时作。

大和国长尾之里[①]，距都城不远。虽属山里亦不同于山里。此家之主人知书达理。家有老母于堂屋之侧建一栖所，庭前植树木花草。置一大庭石，以手使树枝一一弯曲。抚其石曰："此山亦能成蓬莱岛乎？我可采生药矣。"奉其老母，悉心慰之，以表其孝。尝闻"家贫显孝"[②]，不贫而能尽孝，古人亦谓为难事也。

不知冬日已来到，脱谷声声感人心。　　芭蕉庵桃青

① 今奈良县北葛城郡当麻町长尾。
② 《宝鉴》："家贫显孝子，乱世识忠臣。"

十九　竹林里（《棉弓》辞）

贞享元年（1684）九月，于《野曝纪行》之同行者千里的故乡竹内村，书赠庄屋油屋喜右卫门。

住在大和国竹内之地时，其里长朝夕来问慰我旅愁。此人实非寻常之人。心地高远，身与刍荛雉兔[1]作交，自荷锄而入渊明之源。引牛同箕山隐士[2]做伴。且勤其职而不倦其职。家悦其贫而安其贫。唯是，于市中偷闲而得闲之人，此里长也。

弯弓铮铮赛琵琶，慰我竹里弹棉花。　　蕉散人桃青

① 《孟子·梁惠王下》："文王之囿，方七十里，刍荛者往焉，雉兔者往焉。""刍荛"，割草和伐木者。"雉兔"，雉和兔，指猎雉与兔之人。

② 许由听说尧要让天下与他，认为耳朵被污，遂用颍川之水洗涤。自己也逃往箕山隐匿。巢父引牛而来，以为颍川已污，遂不渡。

二十 《打砧》辞

贞享元年（1684）秋，《野曝纪行》旅次，访吉野秋色时作。《野曝纪行》中已有据此文加以补正之文章。然本辞文字句之照应，形容之简素，更具特色。

独于吉野山间寻幽，白云绕峰，烟雨埋谷，西闻伐木丁丁，东闻院钟低徊，声声沁入胸怀。于某僧房借住一宿。

敲打衣砧给我听吧，和尚的妻子啊！[①]

① “闻其声可慰我空寂”之意。砧，槌布板。将布缠于圆木上，用木棒槌打，使之柔软平整。

二十一 《狂句朔风》辞

贞享元年（1684）冬作。《野曝纪行》旅次，于名古屋同荷兮、野水、杜国、重五等五歌仙之作。

笠绽于长途之雨。纸衣[1]每夜着而寝之，已如败絮。身穿破纸衣，顾影自怜。想起古之狂歌高手竹斋，住在名古屋，亦穿着破纸衣，遂慨然而作。

朔风劲吹吟狂句，顾影自怜似竹斋。

① 亦称“纸子”，于厚纸上涂柿液，干后缝制成衣。

二十二　酒和梅（《初春》辞）

贞享二年（1685）春，四十二岁。《野曝纪行》旅次，再度访竹内村时作。

有居于葛城郡竹内村者，妻子不寒，奴仆和乐。春种秋收，冬忙其事。家有杏花，以其花香酿酒[①]，以壮诗思，以慰愁人。端午有菖蒲之香，重阳有菊花之芳。慈童饮菊露以求长生不老。

梅下卖春酿，花香酒亦香。　　芭蕉庵桃青

---

① 苏轼《月夜与客饮杏花下》："杏花飞帘散余春，明月入户寻幽人。"

二十三　一枝轩（《世上》辞）

芭蕉一生曾五六次访竹内村，此文难以判定是第几次访问时所作。然而，从署名“蕉散人桃青”和状写春天的字句看，可推定作于贞享二年（1685）。

良医玄随子[1]，三折肱，医家，医国[2]，其居名曰一枝轩。此乃既非桂林一枝之花[3]，亦非拈花微笑一枝之花[4]。是为南花真人[5]所谓一巢一枝之乐，鼹鼠扣腹游于无何有之乡[6]。冷却愚盲之邪热，欲沾僻智小见之病也。

世上高人品，梅花只一枝。　　蕉散人桃青

---

① 明石玄随，“子”乃敬称，竹内村的医师。
② 《国语》：“上医医国，其次救人。”
③ 晋郤诜在考核官吏的“对策”中，获优异成绩，但仍不满足，他说：“犹桂林之一枝，昆山之片玉。”（见《晋书·郤诜传》）。
④ 《五灯会元》：释迦拈莲华以示弟子，唯有迦叶会意而微笑。
⑤ 唐玄宗敬赠庄子之名称。“花”，当为“华”。
⑥ 《庄子·逍遥游》：“鹪鹩巢于深林，不过一枝；偃鼠饮河，不过满腹。”

二十四 《牡丹分蕊》辞

贞享二年（1685）三月末，《野曝纪行》旅次，再访热田桐叶之宅。回归江户前夕留别主人。

本想脱却草鞋，以林氏桐叶子[1]家之客人，在热田暂居一时，然最终仍决定回江户。

牡丹蕊中宿浪蜂[2]，依依起翅再飞行。　　芭蕉桃青
待客唯有摘藜叶[3]，君去何堪影随形。　　桐叶子

主人桐叶作句送别。

---

① 热田市场町的望族林七左卫门，经营旅舍。
② 芭蕉自喻。
③ 犹言粗食。

二十五 《欲持团扇》辞

贞享二年（1685）四月，于星崎（现名古屋市南区）医师起倒之宅，为加藤盘斋（国学家，1625—1674）的自画像而题。

画像人物脸朝后方，手持数珠。

背对俗世居山里，一身清净墨染衣。

画上注：素食僧盘斋[①]自咏自画，本以充分，然观其狂逸之影像，尤增怀念，故咏之。

欲持团扇来，为君后背扇清风。　　芭蕉

① 加藤盘斋，延宝二年（1674）殁，五十岁（一说五十四岁）。向松永贞德学习和歌和国文，向卜部家学习神道，并精通儒学、诗文和书道。漫游各地，晚年居热田。

二十六　三名（《杯》辞）

由文中的俳句可知当作于贞享二年（1685）秋。

终夜阴晴莫测，月亮时隐时现，心情忽明忽暗。

时时云遮月，我心得安然。

住在灵岸岛[①]的三人，深夜来访草庵。向引路人问其三人名姓，则都叫七郎兵卫。良宵佳客，添我独酌之兴，戏作句咏之：

月圆酒满杯，一饮共三名。[②]　　芭蕉

---

① 今东京都中央区，1624 年填海而成。翌年建灵岩寺于其上。

② 日语中动词"圆"、"满"以及数词"三"的发音相似，都作"mitsu"，故此句有谐趣之意。

二十七　垣穗梅（《访人未遇》辞）

当作于贞享三四年（1686—1687）。两种异文，选其一。

访问某家，逢主人去庙中进香，留一老仆守庵。此时，院墙上梅花盛开。余曰："主人不在，但此梅花以主人之面迎我。"老仆对曰："不，这是邻家院墙，梅花也是邻家树木。"

访隐人不在，梅花亦别家。　　芭蕉翁

二十八 《伊势纪行》跋

贞享三年（1686）四十三岁时作。是年，去来伴其妹千子来伊势谒芭蕉，送《纪行》一卷，芭蕉为之作跋。

—

犹如无根草，无花，无果，俗语俚词咏而弃之。——此乃现今俳谐之谓也。然而，其角某年去京都旅行之日，向井去来与之亲交，饮酒煮菜，谈吐之间，论及俳谐之甘苦，由浅入深，深得其青涩淡白，乃一掬而尝百川之味也。

今年秋，去来携妹来伊势参拜神宫，先吟咏京都白川之秋风[①]，旅宿于伊势浜荻[②]，记其旅中深趣之片断，送来置于我草庵之几案。我一吟而起感兴，再诵而茫然着迷，三读而觉其作之完美无缺。此人也，尽达俳谐之奥

---

① 京都市左京区北白川。去来《伊势纪行》中有“白川屋上石，秋风一过之”之句。

② 《菟玖波集》：“草名亦随其所而废，难波之芦，伊势之浜荻。”

画 | 笠松紫浪

义矣。

东西两白川[①]，秋风起共鸣。

① 东白川关有能因句：“迷蒙烟霞都上起，秋风吹送白河关。”西白川即指去来句。

二十九　四山之瓢

贞享三年（1686）秋作。深川芭蕉庵有米瓢。芭蕉为瓢乞名于亲友山口素堂，因而获得《瓢之铭》题诗一首和“四山”之名。芭蕉作此文和之。

瓢之铭

一瓢①重泰山，自笑称箕山②。

莫惯首阳③饿，个中饭颗山④。　　山口素堂

孔子弟子颜公居住陋巷，尝到其中快乐⑤。颜公之垣墙

---

① 据《随斋谐话》载其诗于空栏按：“大瓢藏于市川团十郎（歌舞伎名优）家。”

② 见 113 页注②。

③ 山西省南部山名。伯夷、叔齐隐于此山中，饿死不食周粟。

④ 李白《戏赠杜甫》：“饭颗山头逢杜甫，头戴笠子日卓午。借问别来太瘦生，总为从前作诗苦。”（唐·孟棨《本事诗》）

⑤ 《论语·雍也》：“贤哉回也。一箪食，一瓢饮，在陋巷。人不堪其忧。回也，不改其乐。”

所生并非小葫芦，亦非惠子所传之大葫芦之种[①]。这只葫芦虽属平凡之物，然为自己所保有。若请工艺家制作成花瓶，因过大而不合章法。想做成竹筒以盛酒，其形状又有些不雅。或曰："此物应在草庵中做盛米之物。"然也，不论做成花瓶或酒器，皆为令人扫兴之事。因之，及早作为盛米之物，特请隐士山口素堂翁，为此瓢起名。素堂翁为之作诗如上。其诗句末皆用"山"[②]字，故此瓢称为"四山"。其中，饭颗山为老杜之居所，李白曾作诗戏之。素堂翁代之李白尝谓我因风雅而致清贫，这只瓢无米可盛时，亦可储尘埃。得乎时"一壶千金"[③]，泰山亦为之变轻矣。

身世飘如絮，身边唯一瓢。　　芭蕉桃青书

---

① 《庄子·逍遥游》："惠子谓庄子曰：'魏王贻我大瓠之种。我树之，成而实五石。'"

② 素堂原作为"山"字。

③ 《庄子·逍遥游（林注）》："樽，浮水之壶也。以壶系腰，乃可浮水。故曰，中流失船，一壶千金。"

三十 《初雪》辞

贞享三年（1686）冬作。

余每每为一睹我草庵之初雪，即使外出居于别处，一旦阴天，便急忙归家，以待初雪。如今，终于到了腊月十八日，久久盼望之初雪终于降临。

初雪落草庵，无事居家时。

三十一　团雪

当作于贞享三年（1686）冬。

曾良者，乃为我定住深川时，借居附近、朝夕来访之士也。我亦常往访于他。我做饭时，他帮我劈柴烧锅；夜间煮汤烹茶时，他为我敲冰汲水。他好闲静，爱独处。我二人有“断金之交”[①]。某晚降雪，彼又来访。

你为我焚火煮水，我为你团雪作球。　　芭蕉

① 《易经·系辞传》：“二人同心，其利断金。”

三十二　闲居之箴（《饮酒》辞）

由俳句内容推知，当作于贞享三年（1686）冬。题目仅见于《本朝文鉴》和《蓬莱岛》。

呜呼，我本是懒散一老翁，平时不欲别人来访，心中每每发誓，决不见人，亦不招客。然逢月夜或雪朝，念友之情綦切难耐。此时，一人独酌，于心中自问自答。起而推开草庵之门，眺望雪景。或举杯，或兴来搦管，兴尽掷笔。呜呼，实乃佯狂一翁也。

饮酒醉欲寝，雪光照无眠。

三十三 《野曝纪行绘卷》跋

《野曝纪行》乃芭蕉自作自绘之长卷。其后，又令中浊子将文与画誊清。素堂为之作跋文。芭蕉又在末尾添加这段文字。

此一卷并非定式之纪行文，只记山桥野店[1]之风景，表一念一动之怀思。爰假中川氏浊子[2]之丹青，补其形容。诚耻于示人也。

口中读我句，心上秋风起。　　芭蕉散翁书

---

① 杜甫《将赴成都草堂途中有作，先寄严郑公》："野店山桥送马蹄。"
② 中川甚五兵卫守雄，当时供职于江户藩。

三十四　竹中梅（《归来》辞）

贞享四年（1687）四十四岁作（一说三年春作）。

先年旅宿京华，与行脚僧[1]相识于道中。今年春，此僧欲赴奥州一游。行前访我草庵。

待到归来时，再赏竹中梅。

① 其人不详。《野曝纪行》末尾有“伊豆国蛀的小岛桑门……”，或为其人也。

三十五 《蓑虫之说》跋

贞享四年（1687）秋作。芭蕉有“请君过草庵，来听蓑虫音”俳句，素堂为之草拟《蓑虫之说》一文，芭蕉为此文作跋。

蓑虫之说[①] 素堂

蓑虫呵，蓑虫。我深怜你的声音飘渺而又多情。丝丝而鸣，专心于尽孝吗？如何阴差阳错变成鬼子的呢？此乃清女[②]之曲笔而为之。即便为鬼所生，但舜既能以瞽叟为父[③]，你亦可成为虫界之大舜啊！

蓑虫呵，蓑虫。我深怜你的声音可悲而又无能。松虫声音美，能于笼中哀叹秋花之原野。蚕能吐丝，心血耗尽，最终死于蚕妇之手。

---

① “蓑虫”，形同着蓑的一种昆虫。“说”，一种文体。如柳宗元《捕蛇者说》。

② 《枕草子》作者清少纳言。

③ 舜之父愚昧，被称为瞽叟。

蓑虫呵，蓑虫。我深怜你的无能而又沉静。蝴蝶在花间飞来飞去，蜜蜂采蜜，也忙个不停。究竟为谁酿造甜蜜？

蓑虫呵，蓑虫。我深怜你的身姿小巧玲珑。清水一滴可以浸湿你的全身，树叶一片可以供你筑巢而居。龙蛇虽然威猛，亦多被人捕杀。最终，龙蛇也比不上小小的你。

蓑虫呵，蓑虫。你就像渔父携着钓丝。渔父不忘钓鱼，然而不耐风波，几度欲脱去蓑衣以抵酒资。想到明日风雨，忽儿又打消这个念头。[①]太公望有钓中文王之谤[②]，子陵亦为汉王失却一味之闲。[③]

蓑虫呵，蓑虫。你思恋玉虫之容姿而泪湿衣袖吧？[④]你心怀愁思悄悄到了田蓑之岛[⑤]，但这儿又怎能隐身？暴露了身份，给你带来无限忧伤。世上万物谁没有为情所迷过？鸟见之高飞，鱼见之深入[⑥]，遍照血泪绞蓑，不忘往日之妻[⑦]。

---

① 藤井紫影《校注风俗文选通释》中引叶唐卿诗："篮里无鱼欠酒钱，酒家门外系渔船。几次欲把蓑衣当，又恐明朝是雨天。"（出典不详）

② 太公望出钓，为文王所发现，故世上有太公望钓中文王之讥。

③ 光武帝即位后，委任钓者严子陵为谏议大夫。

④ 《御伽草子》：诸虫给玉虫姑娘写情书，结果只有松虫被选中。

⑤ 今大阪市西淀区佃岛。

⑥ 《庄子・齐物论》："毛嫱、丽姬，人之所美也。鱼见之深入，鸟见之高飞。"

⑦ 《大和物语》：良少将（后来的僧正遍照）着蓑修行中，于初濑寺见到昔日妻子，未报姓名，以血泪染其蓑。

蓑虫呵，蓑虫。春天，和泉式部歌曰：“蓑虫栖于柳叶之上。”夏天，定家忽起歌思：“蓑虫坠于樱树的枝条。”秋天，寂莲有感而作：“秋风声里蓑虫鸣。”朔风过后，犹如蝉留下空壳，你是留下蓑衣而隐遁，还是将空壳与真身一起舍弃？

又以汉字述古风一首

蓑虫蓑虫，落入窗中。一系欲绝，寸志共空。似寄居状，无蜘蛛工。白露甘口，青苔妆躬。从容侵雨，飘然乘风。栖鸦莫啄，家童禁丛。天许作隐，我怜称翁[①]。脱蓑衣去，谁识其终？

闭草庵之户，独自沉浸于岑寂之中，忽咏得一句：“我来此草庵，为听蓑虫鸣。”我友山口素堂对此句甚感兴趣，为之作诗、著文。其诗美如锦绣，其文响似美玉。仔细吟来，有《离骚》之巧，有东坡之新，黄山谷之奇。

文章起始，论虞舜、曾参之孝[②]，是叫人汲取教训。又感其蓑虫无能不才，再现南华[③]之心。最后，以蓑虫对玉虫之恋，规劝人们戒色欲。若非素堂翁，孰能知其心？

“万物静观皆自得。”[④]我因此人而知此句。

---

① 以蓑虫喻芭蕉。
② 素堂文中未出现曾参之事，抑或为芭蕉所删。
③ 庄子。
④ 宋程明道《明道先生文集·秋日偶成》：“万物静观皆自得。”

自古写诗作文者，多是耽于其华，忽视其实，或者只注意其实，而忘却风流。此文既爱其华，又重其实。

此地有画师朝湖[1]，闻说有蓑虫之句，素堂之文，遂为我绘制蓑虫图。实乃丹青淡而情深厚也。心既到而虫欲动，枝上黄叶渐飘零。倾耳听之，虫声唧唧，秋风瑟瑟肌肤寒。

于闲窗得闲，蒙两士之幸，遂使蓑虫得以称名于世也，可感可谢。

芭蕉庵桃青

① 多贺朝湖（1652—1724），狩野安信门下的画家。元禄六年（1693），因“绘岛·生岛案”获罪，流放伊豆三宅岛十二年。回江户后改名英一蝶。

三十六 《续之原》合句跋

贞享四年（1687）初冬作。不卜撰《续之原》，收四季之合句，芭蕉冬部之判词，附此文于末尾。

一柳轩不卜之主①，身随尘境，心接云崖。时而负笈苦旅，为观吉野②之花。时而泛舟琵琶③，以赏湖水之月。附庸风雅，浸渍有年。氏集显之事，已有二著④。春秋远逝，云行雨施。东篱之菊，各有其名。唐朝牡丹，花蕊有别。梅之幽趣，樱之雅兴。四时流变，新句惊人。犹入茂林，采芳香之花朵，拾浓红之木叶。左右分列，积成四季。求四人作判，我随其一。既为乐士，只得偷笛滥吹。但亦不至

① 冈村氏（？—1691），住在江户堀江町。贞德系，未得门。立羽不角之师。
② 奈良吉野山是观赏樱花的胜地。
③ 指滋贺县的琵琶湖。
④ 分别于延宝六年（1678）和七年写成《江户广小路》和《向之冈》两本著作。

于使青鹭缝目，鹦鹉闭口。

贞享卯年，涮笔于江上[1]之潮。独对蕉庵雪夜之灯火。

桃青书

① 隅田川畔。

三十七　保美之里（《梅花山茶》辞）

贞享四年（1687）十一月中旬作。《笈之小文》途中，偕越人往访三河国保美村门人杜国。

此乡称“保美”[①]，里人曰：“昔上皇褒扬该地景色，故名。”此说出于何书，不得而知。闻之则肃然起敬。

梅花与山茶，早开保美里。

此地距伊良湖崎颇近，故往观之。

伊良湖崎上，鹰声动我心。　　武陵芭蕉散人桃青

---

① 三河国保美，今爱知县渥美郡渥美町保美。杜国曾隐居于此。杜国（？—1690），通称坪井庄兵卫，住名古屋。他是富裕的米商。五歌仙作者之一。贞享二年获罪流放，移居保美，芭蕉曾访之。元禄元年（1688），杜国随芭蕉赴吉野、高野赏樱。元禄三年春殁，享年三十余岁。

三十八　示权七[①]

贞享四年（1687）冬，于三河国保美村访杜国时作。

去旧里许，有放浪于田野之人。家仆某为薪水之劳不惜身心。羡其獠奴阿段[②]争功，慕陶侃之胡奴[③]。诚然，道不取其人，物不在其形。“居下位者亦有上智之人”[④]，犹更应有石心铁肝。主人亦不能忘其家仆之善行矣。

祝

寂然冬日梅，花开香袭人。　　芭蕉

---

① 疑是杜国家仆人家田与八。

② 杜甫仆人。曾为救杜甫之病，不避虎豹之险，深入山中取水。杜甫有诗赞之。

③ 晋武将陶侃养胡奴，力大过人，能为人所不能为。杜甫诗：“曾惊陶侃胡奴异。”

④ 出典不详。《中庸》：“贤人在下位……”。《论语·阳货》：“子曰，唯上知与下愚不移。”

三十九　拄杖坂落马（《拄杖》辞）

贞享四年（1687）十二月作。《笈之小文》途中，自佐尾乘船至桑名。接着时而坐轿、时而乘马奔向伊贺。于拄杖坂落马，因成此篇。有异文二，取其一。

自热田取佐屋周围之道，由佐屋向桑名，乘船沿木曾川下行。残月西坠，夜已大明。美浓路，近江路，群山落雪，皑皑生辉，景色壮丽。一武士模样、脸部生髭男子，因一小事发怒而斜睨船夫。游兴顿消。

自桑名时时乘马而行。至拄杖坂，命马夫执缰而登之。不意马鞍翻转，落马坠地。一人之旅，实乃不便。被马夫斥之为"蹩脚的骑手"。

此山本应拄杖行，竟然落马闻詈声。

没有表示季节的词语，称无季之发句亦无不可。

芭蕉

四十　岁暮（《故乡》辞）

贞享四年（1687）十二月，芭蕉回伊贺故乡，看到自己出生时的脐带，感慨系之。

代代先贤，不忘故里。我今年初老过四十，动辄生怀旧之念，不舍年迈兄弟之情谊。初冬时雨之际，踏雪履霜，于腊月末至伊阳[1]山中。若父母健在，当欣喜非常。然而，慈爱之昔皆成悲伤之回忆，感慨良多。

故乡阔别岁暮归，眼见脐带热泪流。[2]　　芭蕉

---

① 伊贺国（三重县）。"阳"，山之南面。伊贺是盆地，位于铃鹿山南。故芭蕉称伊贺为伊阳。

② 脐带用纸包裹，注以生年月日及姓名，存于生家，供日后怀思、作证。

四十一　掘泥炭冈（《泥炭》辞）

贞享五年（1688）四十五岁春作。

伊阳山家，有泥炭之物，自土中掘出以为薪。非石非木，色黑，有香味。昔，高梨野也[1]研究后曰：“《本草纲目》中称石炭者，此物也。”此种可燃之泥炭何能于伊贺国代代相传，遂成习惯乎？实在难得。

冈上掘泥炭，更令梅花香。　　翁

① 高梨野也，名扬顺，京都人，梅盛门的俳人，医师。

四十二　伊势参宫（《花木》辞）

贞享五年（1688）二月作。

贞享五年二月，参拜伊势神宫。踏上社前之土地，至今已有五次。每过一年增长一岁，渐次老矣。唯有神光壮丽，年年生辉。想起西行所咏："不知何故苦淹留，满心悔愧热泪流。"

西行洒泪之地令人怀念，故置扇于地，跪坐土上，以沙抵额，再三拜之。

不知何花木，静静香气溢。　　武陵[1]芭蕉桃青拜

① 代指江户。

四十三　伊贺新大佛之记

贞享五年（1688）春作。所记之事有同《笈之小文》处，但内容各异。有的亦见于《奥州小道》中的《壶碑》、《平泉》等条。疑为后来所写。

伊贺国阿波庄[①]有新大佛寺。此地是奈良之都东大寺之圣僧俊乘上人[②]的旧迹。今年于故乡过年，邀旧友宗七、宗无一二人至彼地。仁王门、钟楼之迹掩于枯草之底。古歌曰："松若能言欲相问，石础犹存槿花开。"与此情影相仿佛。披草进入深处，只见莲花台、狮子座和佛像的基座，苔藓丛生，其迹尚存。原立于基座上的佛像已成碎片，堆积于其后的岩穴之中，朽于风霜，埋于青苔，仅可窥其一角。然佛头尚存，安置于供祀上人画像的草堂之一隅。众

① 三重县阿山郡大山田村，有上阿波和下阿波。

② 镰仓初期僧人，纪季重之子俊乘坊重源（1121—1206）。法然的弟子。治承四年（1180），东大寺毁于兵火，俊乘奉命再建，任大劝进职。逮仁二年（1202），创建新大佛寺。

多人花费劳力打造的佛像，以及上人为之拯救众生所立下的尊愿都消泯了。见之，悲伤泪下，而无一言。遂在早已没有佛像的空空石座上叩头而别。

瑞云萦绕石座高，丈六佛像立其上。　　芭蕉

四十四 《犹见》辞

贞享五年（1688）春，《笈之小文》旅途中，以“万菊丸”名戏称同行的杜国，二人共赏吉野樱花。此文为当时所作。

大和国之旅，经葛城山[①]之麓。四方樱花盛开，群峰烟霞迷离。黎明之景美不胜收。葛城山如此美丽，而葛城山之神“一言主神”[②]，容颜丑陋。对此，人们笑谈至今。

犹见樱花艳，不信山神丑。

---

① 大阪府和奈良县之间的金刚山脉之中，修验道之灵场。

② 一言可表吉凶之意。传说葛城山修验道祖役行者命一言主神在葛城山和吉野山之间架桥。一言主神因面貌丑陋，只在夜间施工，而白天无所事事。道祖责之，一言主神反而告发道祖欲篡帝位。道祖流放伊豆，一言图谋杀之，事败，道祖将一言缚以见帝。见《今昔物语·卷十一》。

四十五 《落花飘飘》辞

贞享五年（1688）春，《笈之小文》旅途中，访吉川上游之西河时作。

古代，纪贯之咏道："吉野川岸上，风吹棠棣花。"[①]这吉野川畔，遍地皆见棠棣花开，而且都是单瓣花。群芳竞放，别有深趣，为樱花所不及矣。

棠棣花飘飘，好似河水声。　　芭蕉

① 《古今集·今下》："吉野川畔棠棣开，风吹花影自徘徊。"

四十六　翌桧[1]（《翌桧》辞）

贞享五年（1688）春，《笈之小文》旅次作。

一心只巴望明日成为世上名木。这谷中老树在人们不注意时已经老朽。昨日成旧梦，明日不再来。生前杯酒乐[2]，明朝不可待。苦心盼将来，终为贤者笑。

樱花艳艳开无限，寂寞翌桧立旁边。　　武阳[3]芭蕉散人

① 翌桧，桧科的常绿乔木，高可达三十米。又名罗汉柏。
② 白居易《劝酒》："身后堆金拄北斗，不如生前一樽酒。"
③ 武藏野西南之意，泛指那个地方。芭蕉似随意而用之。

四十七　参拜高野

贞享五年（1688）三月，《笈之小文》旅途中，参拜高野山时作。

登高野山之奥，此处多神佛之灵场[①]。法灯不灭，僧房遍地，佛阁连甍。一度结印[②]，春花盛开，芳馨满布寂寞之霞空。钟声铃韵感肺腑，猿鸣鸟啼闻断肠。静心拜御庙[③]，驻足思骨堂。此地乃人骨荟集之所，我辈先祖之鬓发和亲友之白骨，多纳于这座骨堂之中[④]。行至此，珠泪滚滚湿襟袖，欲罢不能。

思父又思母，野雉频频鸣[⑤]。　　翁

---

① 神佛显灵之地。
② 结印，左右两手手指相合成特殊形状，即可开悟。
③ 此指空海（弘法大师）之墓。
④ 松尾家属真言宗，同高野山关系密切。
⑤ 奈良时代的行基菩萨吟咏高野山诗："耳闻鸟鸣声，思父又思母。"芭蕉十三岁时失父，四十岁时丧母。

四十八 《夏访》辞

贞享五年（1688）四月二十日，《笈之小文》旅次，访须磨时作。

四月中旬，一访须磨之浦[1]，见后山绿叶簇簇，十分美丽。月色朦胧，一派暮春景象。然而，须磨之浦的情趣更在于秋天，故而，心中总有几分遗憾。

夏访须磨浦，不见秋月明[2]。　　芭蕉

---

① 神户市须磨区内，以“白沙青松，风光明媚”而著名，又是观月的名所。

② 犹言夏月没有秋月那样明亮。

四十九　湖仙亭记（《此宅》辞）

贞享五年（1688）夏作。

浪声近在咫尺，三井钟声[①]可闻。投宿人家，主人称高桥瓢千，志好风雅，身不厌贫。风雅，我所好；贫，我友也。栖，仅可容膝，虽有不便，但若宅地广阔，则成马车之通道，喧嚣非常。我所乐者，与此皆无缘也。以不足为乐，更以寂寥为友也。

此宅无客来，水鸡不叩门[②]。　　芭蕉

① 三井寺（即园城寺）的钟声。三井寺位于大津市，创立于天武天皇年间，天台宗的总本山。

② 水鸡，春来秋去之候鸟，其鸣声如叩门。

五十 《留宿》句入画赞

贞享五年（1688）六月作。《笈之小文》旅途中，滞留岐阜时作。

巡察各地，暂停栖于京都。其间，美浓国桑门[1]已百氏定期常有信来，他说要为我做向导。

伴君美浓游，倾听插秧歌。　　已百
细雨不破关，当戴新笠过[2]。　　芭蕉

暂栖已百之草庵。

居此人神老，闲执黎杖日。

贞享五年夏日

---

① 即沙门，僧人。
② 竹田大夫国行，过白川关时，为对能因表达敬意，一改装束。

五十一　十八楼记

贞享五年（1688）六月，游岐阜贺岛鸥步之亭十八楼时作。

美浓国长良川畔，有临水一楼，主人贺岛氏。稻叶山高耸于后，西乱山重叠，不远不近。田间一寺，隐于杉林之中。岸上人家，藏于绿竹丛里。河原之上，到处晾晒着漂洗的白布，右面浮着一只渡船。村人熙来攘往，村中渔人房舍鳞次栉比。撒网垂钓，各司其职。众皆为此楼增色矣。

观此景色，漫长的夏日之暑热亦会忘却。不久，落日为月亮所代替，篝火映着波光而来。高栏之下饲鹈捕鱼[①]，实乃愉人眼目。彼之潇湘八景，西湖十胜，于凉风一味之中促人怀思。若为此楼命名，当称为十八楼也。

---

① 夏夜燃篝火以鲇鱼饲鱼鹰，使之捕鱼，以招徕游观。

所见此地景，处处皆风凉。　　芭蕉

贞享五年仲夏

画 | 笠松紫浪

五十二　鹈舟（《欢乐》辞）

贞享五年（1688）六月，滞留岐阜时作。

岐阜庄长良川之饲鹈[①]，获得世间好评。个中趣味与人们所言传殊不相违。本人智浅才短，文笔不能尽述其景。心想，若能使风流才子一睹为快该多好。遂循夜路回归宿馆。谣曲《饲鹈》中有“鹈舟已去火影消，夜路回家情依依”的句子。其实，这饲鹈的风情才是更可怀恋的。

一场欢乐须臾尽，船去火灭心生悲。　　芭蕉

---

① 《年浪草》（1748）一书记载：岐阜长良川之饲鹈，为避暑纳凉一活动。所谓上川七艘，下川七艘，共十四艘。每舟上载十二鹈，一人领鹈，一人摇橹。舳边下铁网，燃篝火。月入下舟，月出不放鹈……现今此种活动依然盛行。

五十三　更科姨舍月之辩

贞享五年（1688）秋八月，芭蕉赏更科之月。此文当归江户不久所作。异文三种，选其一。

闻《白良·吹上》等咏月之名曲，心潮涌动，欲于年内去赏姨舍之月。八月十一日离美浓国，路遥期短，夙兴夜寐，急急赶路。终于当晚至更科之里。山在南，距八幡村尚有一里，横亘于西南方向。山势不高，亦不见崚嶒之岩石，只有壮美动人之姿。往昔，此山有“难慰其心”之说，今见之方明白个中道理，不觉悲从中来。想起当年弃老之事，不禁泪流潸潸。

山人老妪哭，赏月可为友。　　芭蕉

更科十六夜，赏月人未归。　　芭蕉

五十四　素堂亭十日菊

贞享五年（1688）九月十日作。芭蕉由更科回江户，山口素堂设十日菊之宴以迎之。

贞享五年戊辰九月中旬

莲池之主[①]翁亦爱菊。昨九月九日开庐山之宴[②]。今已十日，劝饮昨日之残酒，命每人作发句。因思之，在座诸君待明年谁仍健乎？[③]

十日菊[④]

残菊十六夜，谁人有深趣？　　芭蕉

---

① 山口素堂，因爱莲，故有此称。
② 仿效中国文人于九月九日开“重阳之宴”。
③ 杜甫《九日蓝田崔氏庄》：“明年此会知谁健？”
④ 重阳后的菊花，残菊。

五十五　芭蕉庵十三夜

贞享五年（1688）九月十三日，写前文三日后，于芭蕉庵赏月时作。两种异文，选其一。

木曾归来人已疲，又为夜月暗销魂。　　芭蕉

于更科之里姨舍山赏仲秋之月，其情味尚萦绕心头，今宵又逢九月十三，宇多上皇[①]御览此月，遂定今日为世上明月之夜，谓之“后月”或“二夜之月”。此乃又增一层文士之风雅乎？看来，当有闲人赏玩之物，且山野之旅寐[②]难忘，召客宴饮，将山上所采小栗子说成是白鸦谷[③]所产，并用来飨客。邻里素翁，将丈山老人[④]所题“一轮未满亏二分”之汉诗拿来，正好符合今宵之会。随后立即挂于壁上，

① 五十九代宇多天皇（887—897 在位）。
② 指先前的木曾、更科之旅。
③ 中国蓝田县东南的山谷，以产栗著名。
④ 石川丈山（1583—1672），近世初期汉诗人。

以待草庵来客。狂客某君遂吟出平家琵琶《赏月》一节：“白良、吹上……”[1]云云。如此，草庵之月更增一轮光亮。今宵之游实令人流连忘返矣。

① 《平家物语·赏月》一节。“白良”、“吹上”均为赏月胜地。

五十六　枯木杖（《枯木杖》辞）

元禄元年〔(1688)，九月十三日改元〕冬作。

大通庵主道圆居士，一听此芳名则殊感亲切，相约会晤。然而未等到那一天，却霜消雾散，于初冬之夜亡故。今日听说是“头七”了。

见此枯木杖，忆其生前姿。　　芭蕉

五十七　糊斗笠

元禄五年（1692），旅途中自己做笠，以效宗祇（肖像画中的宗祇头戴大斗笠），以表明芭蕉一贯之愿望。

独倚草扉，秋风萧索之顷，借妙观[①]之刀，得伐竹翁[②]之巧，劈竹曲篾，自名为自做笠翁。技拙不巧，竟日未成。心不安然，日渐慵懒。朝糊以纸，夕干而再糊之。以柿之涩液染色，需加少量漆而使其坚固。过二十日，乃成。笠之边缘向内侧斜斜卷入，或向外翻起，好似荷叶半开。较之以循规蹈矩所做成者，更见其风姿也。此乃彼西行之敝笠乎？坡翁云天之笠乎？戴此笠到宫城野[③]赏露，抑或曳

① 奈良时代雕刻家，摄津国胜尾寺僧人，制作了该寺中的观音像。《徒然草二二九段》："据云良工用稍钝之刀。妙观之刀即不甚利。"妙观是大阪僧人，以雕刻观音像而知名。

② 《竹取物语》开头："很久以前，有个伐竹老人。他深入山林里伐竹，用来做各种器物。"

③ 仙台萩的名胜之地。

杖去吴国赏雪[1]，细雪纷纷而时雨骤降，顾盼之间，殊觉兴味。兴中俄而有感，再濡宗祇之时雨，再题笔书于笠之内侧。

想起宗祇有此句，度世犹如躲时雨。　　桃青书

① 《诗人玉屑·闽僧可士，送僧》："笠重吴天雪。"

五十八 赠越人（《二人》辞）

元禄元年（1688）冬作。芭蕉于贞享四年（1687）冬，偕越人访杜国。翌年贞享五年（元禄元年）秋，又同越人经木曾、更科回江户。越人在芭蕉庵做客两月，后回名古屋。本文当于越人将归或归后所赠。

尾张十藏，号越人。因生于越中之国[①]也。以粟饭、柴薪而隐于市中。二日作而二日游。三日作而三日游。性好酒，醉而气平[②]。唱平家琵琶之曲。此人，我友也。

二人同赏雪，今年复如何？　　芭蕉

---

① 越后，今新潟县。
② 原文作“醉和”，“醉后而心情平静”之意。

五十九　深川八贫

元禄元年（1688）十二月作。

“七贤[①]”、“四皓[②]”、“五老[③]”□□[④]之处，“三笑[⑤]”、“寒拾”之契[⑥]，皆为志同道合之友。西行近寂然[⑦]，兼好交顿阿[⑧]，此乃风雅相通之故也。东野[⑨]深川八子，皆类贫。我

---

① “春秋七贤”：伯夷、叔齐、虞仲、夷逸、朱张、柳下惠和少连。“竹林七贤”：阮籍、嵇康、山涛、向秀、刘伶、阮咸和王戎。

② “商山四皓”：东园公、绮里季、夏黄公和甪里先生。

③ 宋代的“五老会”：杜祁公（杜衍），联络王涣、毕世长、朱贯和冯平，组织了所谓“吟醉相欢”的五老会。

④ 此处脱漏一二字。

⑤ “虎溪三笑”：晋慧远法师居庐山东林寺，未曾渡虎溪。一日，送陶渊明、陆修静，不觉已过虎溪，闻虎啸，知已破安居禁足，三人大笑不止。

⑥ 寒山与拾得，二人相友善。寒山，唐时高僧，被称为普贤的化身。拾得，原为孤儿，后为丰干所拾得而养育，故名拾得。

⑦ 即藤原赖业，隐栖于大原，同寂念、寂超并称“大原三寂”，与西行相游，唱和。

⑧ 《徒然草》作者吉田兼好。顿阿，南北朝时代的歌僧，二条良基之师。

⑨ 即东京。

等亦学老杜“贫交”之句，不忘管鲍之相与也。

雪夜戏题，得“买米”二字。

雪中买米去，粮袋作头巾。　　芭蕉

买　柴

雪中买柴去，尤思佐野薪。　　依水

买　酒

雪中买酒去，店前足杂沓。　　苔翠

买　炭

雪中买炭去，慕敬上神桌。　　泥芹

买　茶

雪中买茶去，煎之润饥渴。　　夕菊

买豆腐

雪中买豆腐，归途月相映。　　友五

汲　水

雪中汲水去，棹上不忍拂。　　曾良

菜 食

初雪邀人赏，菜食煮一锅。　　露通

以上元禄元年末，冬十二月二十七日。

六十 《阿罗野》序

元禄二年（1689）三月作，四十六岁。

居于尾张南、热田西之名古屋檑木堂人荷兮子，编俳谐集名曰《阿罗野》。此名未知何意。予遥想推察，先年旅居此乡，承蒙荷兮氏将当时之作编成《冬日》集出版。其后继《冬日》之光又编《春日》集光耀于世。此二书宛若送走阳春丽日、柳暗樱红、蜂蝶交飞、莺歌燕舞之后，留下的两枚未熟的果实。而此集所寻求的是飘渺的幽玄之味。或如郊野一缕游丝，或如阿罗野中逸世独立的百合花，或如飞鸣于浩空的云雀，茫茫无涯欲何之？荷兮氏乃俳谐之道一向导，正守住于此旷野之上。

元禄二年　芭蕉翁桃青

六十一 《草户》辞

元禄二年（1689）三月作。从中可以窥见《奥州小道》之旅出发前作者的心境。异文有二，选其一。

遥想今后长途之旅，总有些记挂在心中。二月末，首先将草庵让给旁人。此人有妻女。草庵的样子将焕然一新，倒也别有情趣。

草户掩新家，堂上列偶人[①]。

---

① 三月三日为桃花节，又称偶人节，是女孩子的节日，于棚架上摆偶人相娱。

六十二 《负草》辞

元禄二年（1689）四月，《奥州小道》旅中作。

欲下陆奥，行至下野国[1]，于那须之黑羽处寻桃翠何某[2]之住所。入那须野，绿草茂盛。披草而行，几迷路径。

草原茫茫漫无边，远看有人负草行。　　芭蕉

---

① 今栃木县。

② 鹿子畑忠治丰明的俳号。在《奥州小道》之旅中，故意改名桃翠。曾与兄高胜共居江户，乃芭蕉旧知。

六十三　对秋鸭主人宅之佳景

元禄二年（1689）四月，《奥州小道》旅次，停宿于那须净法寺图书（秋鸭）之弟桃翠处（四月三日至十五日）时作。

客室凉夏阔，远山入庭来。

净法寺图书某，于那须郡设黑羽馆，其私宅与本人身份、性格极相合。室不粗鄙，敷地达于山巅，亭面东南而建。奇峰乱山，各呈其状。一发寸碧[①]，远山如绘。水之音，鸟之声，松杉之绿，景色精美，巧夺天工。眼见此造化之功，岂能不乐乎？

---

① 形容山体细如发，稍带绿色。

六十四 《啄木》辞

《奥州小道》中的《云岩寺》一条的内容与此相同。不过偏重于途中记述，笔墨也涉及到云岩寺之外观。这篇俳文集中描写佛顶山居之迹，富有简劲之味。先后有两种异文，取其后者。

云岩寺[①]后山之顶，有一草庵立于石上。室小仅可容一人坐。

庵小纵横未五尺，上天无雨当弃之。

佛顶禅师吟道。此乃禅师所居之庵，年代尚近，庵亦大荒废。

夏日绿荫里，啄木不啄庵。　　武阳芭桃青

---

① 一称云岸寺，位于栃木县那须郡黑羽町，临济宗妙心寺派之巨刹。芭蕉的禅师佛顶修行于该寺，于本堂后建小庵供坐禅。

六十五　夏日杜鹃（《田麦》辞）

元禄二年（1689）四月七日，停宿于那须黑羽净法寺图书亭之宅时作。

白河[1]近在眼前，诗情涌动。然适值夏初，田间麦苗青青。

白河关在何方？首先想起能因法师的歌：“秋风萧萧……”心情为秋风所动。然而现在，田中禾苗嫩绿，随风披拂。麦田亦近收获，麦穗黄熟，农夫粒粒辛苦，皆在眼前。所有春秋之情，月雪之景，均与此时四月之初相距甚远。百景不见其一，只得默然舍笔矣。

秧绿麦黄时，田里杜鹃鸣。　　芭蕉桃青

元禄二年孟夏七日

① 为防备北方虾夷，设勿来、念珠和白河三关，通称古代奥羽三关。白河关位于今福岛县白河镇。

六十六 《横跨野原》辞

元禄二年（1689）四月，横跨那须野。此文写作具体时日不详。由日程上推算，当写于这年四月。

那须野千里迢迢，当地一熟人引马送行。马夫执缰作何想？此时他忽然向我索句。此人之兴令我欣喜，遂取笔饱浸于墨壶之中，马上书就赠之。

引马过野原，杜鹃鸣不断。

六十七　高久宿馆之杜鹃（《杜鹃》辞）

元禄二年（1689）四月十六日至十八日，停宿于那须郡高久村庄屋觉左卫门之宅，书赠主人。

前来观光的沙门，和同行者二人，欲访那须的筱原，继而去看杀生石[①]。急急赶路，途中忽然遇雨，遂停驻于此。

宿馆闻杜鹃，声声天上来。　　风罗坊

细窥绿叶间，夏夜雨霖铃。　　曾良

元禄二年孟夏

① 传说幻化为玉藻前的野狐被除之后，其魂化为石头，残害人与鸟兽。那须汤本温泉附近有川原谷，此处有杀生石。其实是田地下喷发出的硫化氢等有毒物质，可使人或其他生物窒息而死。

六十八　奥州插秧歌（《风流》辞）

元禄二年（1689）四月二十二日至二十八日，芭蕉、曾良停宿于须贺川（福岛县）的等躬之宅。二十三日作《风流》之句。芭蕉、等躬、曾良而成为三吟歌仙。两种异文，取其一。

此次旅行，一心只想多多寻访奥州之名所。首先怀念白河关之迹。取道于古老之街道，看了遗迹，然后又走新的街道，越过白河关，抵达岩濑郡，叩乍单斋等躬子[1]之芳扉。出得阳关逢故人。

此行本是风流旅，道中常闻插秧歌。

① 相乐氏，别号乍单。虽不属蕉门，但同芭蕉友情深厚。

六十九　轩之栗（《栗下》辞）

元禄二年（1689）四月二十四日，停宿于等躬宅的芭蕉，访当地隐士可伸之庵。芭蕉、可伸（栗斋）、等躬、曾良及另外三人，作歌仙一卷。异文有三，取其一。

僧可伸[1]，于栗树下结庵而居。据传，古代行基菩萨[2]将“栗木”写做“西之木”。因此，此木与西方净土有缘，可用做杖、柱。僧可伸有幽栖之心，抱弥陀之誓，实乃可喜。

栗下立小庵，悄然檐边花。　　芭蕉

---

① 俳号栗斋，于等躬宅内筑草庵而居。

② 奈良时代高僧，在全国修桥、补路、筑堤。为圣武天皇所信赖，参与营建奈良大佛。公元749年，八十二岁殁。

七十　石河瀑布（《五月雨》辞）

芭蕉、曾良停宿于须贺川时作。时间当在元禄二年（1689）四月二十七日。

距须贺川驿二里之东，有石河瀑布，本打算前往观看。但因此时雨后涨水，河不可渡，遂罢。

五月雨势猛，河水掩瀑布。　　翁

有名等云者，相约陪我观瀑，书此句赠之。此人乃药师[1]也。

---

① 即医师。

七十一　染色石

元禄二年（1689）五月二日，与曾良访福岛町东之染色石而作。此文此后经多人传抄，出现种种异文，择其初稿译之。

忍之郡有忍草染色石[①]，埋于茅之下。现在已不用来染色。古之风流衰微，故怜之。

借问田家女，何处染色石？　　翁

① 位于信夫郡冈山村山口（今福岛市内）文字观音（安乐院）境内的巨石。古时将布敷于石面上染色。

七十二　武隈松（《樱谢》辞）

元禄二年（1689）五月四日，芭蕉访古代歌枕之地武隈松（宫城县名取郡岩沼町竹驹神社西）。

武藏野樱花正盛之时，旅行到达武隈。正逢五月节之前日，屋顶上敷以菖蒲。举白某赠我饯别之句：“请看武隈松，樱事已歇息。”怀思不已，故咏次句以还之。

樱谢望二松[①]，一等三月余。　　芭蕉

元禄二年己巳岁八月

---

① 武隈松由根部分杈长出二干。

七十三 《笠岛》辞

元禄二年（1689）五月四日，于“雨稍止……时见日光”（曾良旅行日记）的天气，芭蕉一行离白石往仙台。途中闻笠岛即在左方一里处。雨后道路泥泞，故不再急急赶路。两种异文，选其一。

藤之中将真方[1]之墓，位于奥州名取郡笠岛，此乃不幸之人，想起西行上人所咏“徒见枯野茅草衰”之歌，愈增悲哀。务必前往一吊。然数日来，春雨潇潇，道路泥泞，终不能成行，遂过之。

春雨路难行，怀悲过墓场。

---

① 左近卫中将藤原实方，赴任陆奥守。相传和《枕草子》作者清少纳言相恋。后经过笠岛时，不幸落马而死。

七十四　松岛

元禄二年（1689）五月九日，芭蕉一行由盐灶乘船抵松岛，翌日向石卷。仅停一宿。写作此文当在翌年在伊贺之时。

松岛乃扶桑第一好风景，古今风流文士多寄情于此岛，锦心绣口，歌而咏之。四方水面约三里，各呈其形，奇曲精妙，巧夺天工。岛上松柏繁茂，美不胜收。

千千绿岛翠，片片烟波连。

七十五　天宥法印追悼文

元禄二年（1689）六月三日至十三日，在羽黑时作。

羽黑山别当兼执行不分叟天宥法印[1]，积修行之功而法力广大，远近闻名。心静而去妄念，知诸法之实相，得圆满彻悟，以佛法之智慧活用于人世。或穿山刻石，尽巨灵之力、女娲之巧，筑僧房，做石阶。受青云之滴，以笕引水，以石做器，以木做具，多成此山之奇物也。山人皆慕其名，仰其德，诚再现羽山开基时也。然而是何天灾使然？身漂于伊豆国八重之汐风，如露水之一滴，消泯于万顷波涛之中。此次，鄙人巡礼出羽三山[2]，而路过此山，受已故法印门人之请，草成戏言，焚香供手，诚惶诚恐，奉

① 羽黑山第五十代别当，初名宥誉，入列江户东散山（宽永寺）天海僧正之门弟，改称天宥。自此，羽黑山由真言宗改为天台宗。后因宗派之争获罪而流放于伊豆大岛。1674 年，八十一岁时殁。他在职中，大力整备羽黑山，扩充了实力。

② 指月山、汤殿山和出羽山。

献于前。

玉魂游千里，法月照羽黑。

元禄二年季夏

七十六　银河序

元禄二年（1689）七月，芭蕉和曾良共游越后路。写作此文，当在此行之后。

行于北陆[1]道上，宿于越后国出云崎。彼之佐渡岛隔海十八里，烟水浩淼，东西三十五里，长岛卧波。由此观之，群峰崄巇，巨壑纵横，历历在目，仿佛伸手可及。此岛盛产黄金，广为世人所珍爱，确乎是宝岛。然重罪之囚、犯上之类，远流于此，使之成为可怖之境，实令人遗憾。推窗远眺，以慰旅愁。日既沉海，月犹黯淡。银河半天，星光闪闪。海上涛声阵阵，魂销肠断。旅梦未结，墨衣渗泪，以手绞之。

荒海佐渡岛，长空横银河。

---

① 古时日本海一侧，由北向南，分为越后、越中、能登、加贺、越前、若狭和佐渡七国。通称北陆。

七十七 《药栏》辞

元禄二年（1689）七月八日，自今町（直江津）抵高田。十一日离高田。其间，于细川春庵（医师，俳号栋雪）处作此发句，有连歌会。此或为当时之作。

巡游陆奥[①]、出羽等名胜，又经北海之荒矶，行于灼热沙丘之上。漫漫旅途，多苦多病，终于到达高田。此地有良医栋雪某，风雅名震遐迩。故访之，入其家。

药栏多草花，作枕医我疾。

① 明治五年（1872），陆奥地方分为磐城、岩代、陆前、陆中和陆奥五国。

七十八 《烈日炎炎》辞

本文当作于元禄二年（1689）七月十七日，芭蕉在金泽。三种异文，选其一。

沿北海之矶而行，沙滩经日照，灼灼如火。步行其中，时有海水涌来，犹似汤渥。途中辛苦，深感于怀。仰望秋空，不知何日。

烈日炎炎照，秋风爽爽吹。　　芭蕉庵桃青

画 | 笠松紫浪

七十九　温泉颂（《山中》辞）

芭蕉和曾良，于元禄二年（1689）七月二十日至八月四日，逗留于山中温泉和泉屋。此文为当时所作。

沿北海之岸一路行来，如今沐浴于加贺国山中温泉[①]。里人曰，此地乃扶桑三大名汤[②]之一。数度入浴，润皮肉，通筋骨，养心神，增颜色。彼桃源舍舟，而不知慈童折菊[③]也。

山中名汤可医病，何必折菊带露归。

元禄二年仲秋日　芭蕉桃青

---

① 石川县江沼郡山中町山中温泉。

② 其余二大名汤为兵库县的有马温泉和爱媛县的道后温泉。

③ 传说周穆王宠爱的少年慈童，因跨王枕而获罪，流落南阳郡郦县山中，采当地菊露而饮，活到七百岁。

八十 《寂寥》辞

元禄二年（1689）八月五日，芭蕉和曾良离山中分别奔向不同地方。本文当作于此时。

曾良一直伴我到达这里，为病所苦，他决定先一步到伊势国去。作句留别于我："花野独自行，倒卧在其中。"读之，怅然。

本是寂寥二人旅，笠上露水黯然消。　　芭蕉

八十一　在敦贺（桂下园家之花）

元禄二年（1689）八月十四日，抵敦贺，逗留至二十日。此文当作于此时。

八月十四日，宿于敦贺港。夜，参拜气比神宫。昔，二世游行上人[①]，埋其泥土之道，亲自敷沙于路表[②]。为纪念其事迹，祭神活动一直持续至现代[③]。神佛壮丽，松间月光下泻，信仰之心渐渐渗进骨髓。

月清映沙路，本为上人敷。

---

① 时宗的开祖一遍上人是一世游行上人。其高弟他阿弥陀佛（他阿上人）为二世游行上人。这位他阿上人为时宗游行派的开祖。所谓“游行”即徒步寻访诸国进行修行和说法。

② 气比神宫和西方寺之间之泥沼，传说为毒龙所居，气比明神甚恶之。他阿上人和寺中僧尼一起运沙填之。附近百姓也来帮忙。不日即成平地。此事见《一遍上人绘词》。

③ 为纪念二世游行上人的事迹，其后代代代游行上人由藤泽（神奈川县藤泽市）的游行寺来这里，运海岸之沙铺于气比神宫之神前。这年芭蕉来时，正逢四十四世游行上人举行敷沙仪式。

想不到十五日下了雨。

明月照北国，丽日尚难期。

于此月明之夜，听宿馆主人讲故事。云昔有一钓钟，沉没海中。国守命潜海者潜入水底搜寻。因钓钟首尾颠倒，无法打捞，只好作罢。

月阴云气重，钟沉海水深。

色滨泛舟

沙滨草花落，举杯赛贝壳。

游海岸某寺

谁云须磨静，来春海滨秋。

八十二　纸衾记

元禄二年（1689）八月末，芭蕉抵大垣，逗留于门人如行亭处。门人竹户为之按摩，故作此文以赠之。

古枕，古衾，相传来自杨贵妃之遗事[①]。古歌中以此表现爱恋和伤悼之情。锦衾上绣雌雄鸳鸯以誓在天愿做比翼鸟，而因自己独留后世而悔恨。此衾触美人肌肤，存其香泽，作为情恋之一物，甚为适当。然此纸之衾，既非情恋之物，亦非悼亡之器。宿于渔人小屋此衾可防蚤侵。宿于地面敷一草席的简陋旅馆，可抵脏污湿气。此乃滞留出羽国最上地方[②]时，由某人士所赠也。此后，北陆处处，山馆野亭，枕上映二千里外之月[③]。宿于荒草离离之馆舍时，霜夜可闻纸衾下蟋蟀之悲鸣。白天背于肩头，渡三百余里险

---

① 白居易《长恨歌》："翡翠衾寒谁与共？"日本平安时代流传的《白氏文集》，此句为"旧枕故衾谁与共"。

② 最上川中游一带。芭蕉曾长期滞留新庄。

③ 《白氏文集》、《和汉朗咏集》："三五夜中新月色，二千里外故人心。"

关，一路苦旅发全白。终于抵美浓国之大垣府。今后，此衾将更满储我寂寞之心，不破贫者之清兴，以报慕我之人[1]也。

① 指竹户。

八十三　明智妻(《月光》辞)

元禄二年(1689)九月十一日，芭蕉至伊势山田，从十二日起滞留西河原岛崎又玄家。此文乃为又玄妻女而作。两种异文，选其一。

此乃住在伊势国又玄[①]之宅的事。其妻与男人同心同体，忠诚可靠，可慰我旅人之心。昔日向守之妻，切发以侑客，其情可嘉[②]。今旧话又重提。

静静月光里，闲话明智妻。　　风罗坊

① 伊势山田的俳人，当时十九岁，妻乃一少女。

② 向守：明智光秀，他穷困流浪之时，其妻切发售之，以换取生活费。天正二年(1574)任从五位下日向守。此事见《太阁记》。

八十四　少将尼（《少将尼》辞）

元禄二年（1689）十二月末，芭蕉访大津（滋贺县）智月宅时作。两种异文，选其一。

"我歌咏伤别，独自闻鸟鸣。"作此句者为古代称为藻壁门院少将的女尼[①]。被世间称为"我之歌者"之少将，据传，年老后隐居于志贺之里。今访居于大津松本之老尼名智月[②]者，诸处酷似少将尼。听此人之言，颇多感兴。

古之少将尼，今居志贺里。

---

① 镰仓中期画家藤原信实之女，奉仕后堀天皇中宫竴子。中宫成为女院（藻壁门院）之后，她被称为藻壁门院少将。

② 蕉门女俳人，大津传马役河合佐左卫门之妻，乙州之母。年轻时曾奉仕宫中。

八十五　洒落堂记

元禄三年（1690），四十七岁，三月中旬到下旬，滞留于膳所时作。

山静养性，水动慰情。有得居所于静动之间者，浜田珍夕[①]氏也。目尽佳境，口唱风雅。涤其浊而荡其尘，故称洒落堂也。门挂戒幡，书“为俗世而忧乐者，不得入此门”。较之山崎宗鉴[②]警客之歌更胜一筹。且居内有茶室二间，广若方丈，承利休、绍鸥[③]之闲而不囿其拘。庭中植花木，铺路石，假以怡悦心性也。观其膳所之浦，以势多、唐崎两地为左右袖袂，抱湖而对三上山。湖似琵琶之形，松风波音，月夕传响。比睿山、比良山高斜耸峙而可仰；音羽山、石山，平置肩胁而可掬。春采长柄山花以簪发；

---

① 又名珍硕。略称洒落堂，号洒堂。
② 俳谐文学之祖，撰《犬筑波集》，闲居于京都西郊、山崎。
③ 千利休和武野绍鸥皆为近世初期之茶人，绍鸥乃利休之师。

秋对镜山之月以理鬓。淡妆浓抹，日有奇趣。观此景，堂主珍夕之心中风云亦如是乎？

水上山花落，波间鸥鸟浮。

八十六　贺重子

元禄三年（1690）春，作于膳所。

奥州旅行之际[1]，某村一小女，年仅六岁，娇小可爱。问其姓名，答曰："重子。"此名令人兴起。于都市且少闻，于田舍为何有此亲切之名也？且"重"因何而"重"乎？忽忆起曾与同行曾良所言之笑话："我若有子，当用该名。"今日忽有缘成为其父，遂以"重子"命之。

年年岁岁几度春，花开花落渐成人。
年年看花着花衣，容颜自老起皱纹。　　芭蕉

---

① 指元禄二年的《奥州小道》之旅。

八十七　幻住庵记

元禄三年（1690）秋作。芭蕉是年四月六日至七月二十三日住在大津国分山的幻住庵，将当时的感怀，仿照鸭长明的《方丈记》加以陈述。此文是芭蕉俳文中经过反复推敲后写成的苦心之作。多种异文，选其一。

石山[1]之奥，岩间山之后有山，名国分山。往昔有国分寺，因袭其名。渡山麓之细流，登翠微凡三曲二百步，有八幡宫。神体乃阿弥陀之尊像乎？我甚厌唯一神道之家，然此社乃神佛一体，属两部神道。神佛之光和谐，共施利于世尘，诚可贵也。平时亦无参诣之人。殿堂壮丽，庭院静寂。旁有废弃草庵一座，周围蒿艾蓬蓬，细竹森森，檐颓壁落，狐狸出没，名幻住庵也。庵主某僧，乃勇士菅沼

① 位于大津市内，观月之名所。“石山秋月”，乃近江八景之一。

曲水[1]之伯父也，至今已亡故八年矣。因住于幻世，徒存幻住老人之名也。

予离市井生活已十年[2]。以近五十之身[3]，舍弃自家而出旅，犹如蓑虫失蓑、蜗牛离家。奥羽象潟暑日灼颜面，徒步于沙丘连绵之海滨，北海荒矶伤足踵。今岁，漂流于湖水之波，如鸥鸟之浮巢，隐栖于一茎芦苇荫下。遂将此湖畔之小庵，更葺其顶，添结其垣，于四月初入住其内，暂居之而不思出此山矣。

入庵之顷，春去未远。杜鹃花尚开，山藤悬松。杜鹃鸟时时飞鸣而过，松鸦亦常来常往。啄木鸟，啄木又啄寺，啄毁一隅亦无妨。豪兴方来，何可止之。魂走吴楚东南，身立潇湘洞庭，山耸于西南，远隔人家。南熏自山而下，北风浸海而凉。日枝山、比良山之高峰，唐崎之松隐隐可见。有城，有桥，有垂钓之舟。笠取山采樵声声。山麓田间秧歌可闻。暗夜萤飞，空中有水鸡之音。美景良辰，无一不具。其中，三上山形似富士。想起武藏野、深川之旧居，朝夕可望富士。田上山，古墓累累。复有笹生岳、千丈峰、裤腰山。黑津之里，林木蓊郁，犹如《万叶集》中

---

① 豪勇之武士菅沼曲水，膳所藩士，俳号曲水，后改为曲翠。为人豪爽直率，深得芭蕉信赖。享保十一年（1717），因不满藩之家老曾根权太夫的恶行，将其杀之，自己也剖腹自杀。

② 芭蕉于十年前的延宝八年（1680），离江户市中心，住在深川。

③ 芭蕉时年四十七岁。

所咏“守鱼梁”者。为便于眺望，登后山之峰，以松枝扎松棚，敷稻草垫，且命名“猴之座”。然吾等并非于海棠树筑巢、主簿峰结庵之王翁、徐佺之徒[①]。仅做有睡癖之山民，高峰投足、空中扪虱之座[②]也。偶有顽健之时，汲谷中清水以自炊。静闻滴答之声，仅有一炉之备。久居此地之人，心性高远，且不巧设风流之物。唯隔一室做佛坛，另置一寝处而已。

筑紫高良山僧正[③]，加茂甲斐某氏之子，此次上京，特求人乞以题额。遂欣然命笔，题“幻住庵”三字见赠。顿成草庵之纪念。曰山居，曰旅宿，无须多置器物，仅将木曾之桧笠、越路之菅蓑，悬于枕上之柱。白日鲜为来访者所心动，或有守宫之翁、里之乡邻来，谈论野猪糟践稻谷、狐兔侵害豆田等，多属吾未曾闻见之乡间杂事。日就山端之时，夜静坐以待月。月出影生，篝灯见罔两[④]，唯对之凝思。

虽如此言之，亦并非一味好闲寂而隐身山野，然病身人倦，似离世之人。想年月推移，拙身多误。尝羡仕官悬

---

① 黄山谷诗《题潜峰阁》中的隐士。“徐老海棠巢上，王翁主簿峰庵”。注曰：“徐佺乐道，隐于药肆中。家植海棠，于其上结巢，时与客饮其间。”“王道人参禅四方，归之，结屋于主簿峰上……”

② 《石林诗话》：“青山扪虱坐。”王荆公诗：“扪虱对青山。”

③ 福冈县三井郡高良神宫附近的寺院。其僧正指三井寺第五十世座主寂源僧正，贺茂神官藤木甲斐守敦直的次子。书道大家。

④ 指物体影像之边缘的淡薄暗影。

命之地，或入佛篱祖室[1]之扉。然终不免曝身于旅途之风云，劳心于花开鸟啼之情。暂为生涯计，终于无能无才，去行俳谐之一道。乐天破五脏之神，老杜瘦瘠[2]。贤愚文质不等也。然谁人不为幻之栖乎？思之黯然，遂寝。

且坐木荫里，消我夏日闲。

---

① 佛陀之篱，祖师之室。皆佛门之意。

② 白居易："诗役五脏神。"李白诗："饭颗山头逢杜甫，头戴笠子日卓午。借问别来太瘦生，总为从前作诗苦。"

八十八 《道之记》草稿

昭和四十五年（1970）三月，由金关文夫发表在《连歌俳谐研究》38 期上，是京都市小野直养氏所藏芭蕉真迹一幅草稿。其中一节的内容同《笈之小文》十分相似，由此推断本文是一篇完整的俳文底稿。

足踵破伤如西行，颜面灼黑似能因[①]。不才而性僻，可与谁人比？昔西行于天龙渡口为守渡人所欺，遭船头鞭打[②]。又因被马夫所斥骂[③]而想起高野山圣人。眼见山野海滨自然之美，或钦羡无拘无束之修行者，仰慕风雅人之情怀。此外，因无家居，亦无物欲。空手而无金钱，亦无途中失盗之愁。宽步以代轿，饥食以养身。晚寝无定址，朝出无定时。一日只有二愿：今夜需良宿，草鞋要合脚。仅此而

① 平安时代中期的歌人。
② 西行于天龙山渡口，遭船头鞭打而下船。（事见《西行物语》）
③ 镰仓前期僧人证空上人（1177—1247），因不慎落马，而被马夫责骂，耻而逃归。（事见《徒然草·一〇六段》）

已。以求其时时有乐趣，日日好心情。稍同风雅之人相会，其乐无穷。平日古板、顽固而舍之者，一旦相语于边土之道，或遇于荒村之舍，犹如瓦中拾玉、泥里得金一般。书之于文，语之于人，其心境殊觉充实，亦为旅行之德也。

八十九　四条河原纳凉（《河风》辞）

元禄三年（1690）六月上旬，芭蕉由大津国分山幻住庵往京都，在凡兆家住到十八日。其间曾到四条河原纳凉。但本文当作于秋天（据八月十八日芭蕉给加生书）。

四条河原纳凉[①]，当从六月上旬夕月初升之时，至残月过半之顷。于河中筑栈台，通夜酒食游乐。女人严装以待，男人着长礼服，法师、老人交杂其间。箍桶匠和铁匠之徒弟小子皆畅饮无度，且歌且舞，一时成为京都一景。

河上清风阵阵过，纳凉身穿薄柿色。　　翁

① 京都鸭川四条河原，每年阴历六月七日至十八日，于中流或河滩置台，招客于上纳凉。

九十 《其后……》(《夏草》辞)

元禄十五年(1702),刊于洒堂、正秀编《白马》。历来未作为芭蕉俳文,后赤羽学编《芭蕉俳文句文集》和尾形仂编《校本芭蕉全集》别卷补遗,始作为芭蕉俳文收入。

其后,御曹子九郎义经[1],于十五岁春天,逃出鞍马寺东下,为追讨平家,行至四国、西国,遂化做此平泉高馆[2]之土。闻之不禁泪下。

葳蕤见夏草,将士梦魂销。 旅士 芭蕉

昨日英雄,今日白骨,诚可哀矣。到头来,白骨消

① 御曹司,御曹子,公家或上流武家家族里的贵公子。此处指源义经(1159—1189)。
② 岩手县平泉町衣川馆的别称。

泯，战迹不存，徒留名姓而已。因聚俳谐所好者数人，以此史话为题材，各作一句。我先起咏，自认同情判官弱者，勇以集众文士之笔锋矣。

弁　庆[①]

知否五条桥，夜半鸣千鸟。　正秀

巴　女[②]

战风散发辫，飘摇如柳丝。　播川

和泉三郎[③]

嫩竹一枝强，三郎东北人。　昌房

熊　谷[④]

晓看敌盾破，抬头闻杜鹃。　探志

---

① 武藏坊弁庆，于京都五条桥负于义经，遂订主从之契，愿终生跟从义经，因而举武士之名。

② 巴御前，源义仲之侧妾。

③ 泉三郎忠衡，藤原秀衡的三子，居于泉城，继父之遗志，保卫义经。奉赖朝之命，同妻子郎当共亡于泉之馆。

④ 熊谷直实（1141—1208），随义经追讨平家，斩平敦盛。后自削发出家为僧。

忠　度[1]

胸中本无鬼，唯有莺初鸣。　　野径

时宗义秀[2]

山藤与山风，力量总相抵。　　晓白

义鉴坊[3]

恋他小义治，翩翩美少年。　　洒堂

① 幸忠度（1144—1184），萨摩守，清盛之弟，腕力过人。从俊乘学歌。平氏败落时，由淀川之尾回京都，奉勅撰，有自咏一卷。

② 曾我五郎时致（1174—1193），又名时宗，与其兄十郎祐成为报父仇，共讨工藤祐经。义秀即朝比奈三郎义秀，义仲殁后，巴女成为和田义盛之妻，生义秀。

③ 越前杣山城主瓜生保之弟，禅僧。对南朝义心厚重，故隐匿新田义贞之子义治（十三岁）。义治眉清目秀，深爱之。有男色恋之疑。

九十一　云竹赞（《回首》辞）

元禄三年（1690），住幻住庵时作。

京都僧人云竹[1]，作自画像。绘一法师，面向后方，命余书以赞之。

君六十年余，予既近五十年。同于梦中显梦之形[2]。今于梦之形上加一呓语。

回首看人生，我心似秋暮。

---

① 北向兴竹（1632—1703），居京都，书家。善作大师流，长于细楷、行草，为芭蕉书道之师。

② 庄子《齐物论》，批评孔子君臣之别说：“君乎牧乎。固哉。丘也与汝皆梦也。予谓汝梦亦梦也。”

九十二　乌之赋

元禄三年（1690）九月十三日，据芭蕉给加生（凡兆）信：此文原为凡兆所作，后芭蕉重新改作，故为芭蕉之文。

乌有大小，名亦各异。小者谓乌鹊，大者谓大嘴。此乌有反哺之孝，故比做乌中之曾子[①]。或告以人家有来客，或列翅于银河，作二星[②]之媒。或于年末，探知来岁春风强弱而改筑其巢。雪天之晨鸣声寒，夕暮返巢联翩飞。诗人文士赞其风情，绘之于图，爱其风姿。于贪婪多疑者群中，乌之德可谓大矣！然历数汝罪，其德小，其害大。其中大嘴者，性佞险凶恶，侮弄鹫之强羽，不畏鹰之利爪。肉无鸿雁之味，声异黄鸟[③]之吟。啼时，人抱不正之气，必生

① 曾参，孔子弟子。白居易诗《慈乌夜啼》赞乌之孝为“乌中曾参”。
② 即牛郎、织女二星。
③ 黄莺、黄鹂。

凶事而多忧。于村里，啄食栗柿之梢；于田野，作践庄稼之苗。殊不知耕作之劳苦乎？或攫取雀之蛋，或捕猎池之蛙。虎视眈眈，于人之尸骸；馋涎欲滴，于牛马肚肠。人传之曰：汝终为食乌贼而殒命[①]，为效鹈游而溺身[②]，汝贪欲太盛而墨染其形。有人称汝为妖僧。释家憎汝，世人嫌汝。呜呼乌兮，汝当戒之。切勿中羿之弓矢，获罪而为三足金乌[③]也。

---

① 《南越志》："乌贼鱼，一名河伯度事小史，常自浮水上，乌见以为死，便往啄之，乃卷取乌，故谓之乌贼。"

② 日本俗谚："学鹈之乌溺于水。"

③ 传说太阳中有三足金乌栖息。

九十三　卒塔婆小町赞

元禄三年（1690）冬，滞留湖南时作。

呜呼，你实在可亲，你实在可敬。笠亦可亲，蓑亦可敬。是何人所传，何人所绘？千年以来，往昔小町[①]沦落之姿，今又显现于此？小町的身姿显现于此，小町的离魂也在这里吗？蓑亦可亲，笠亦可敬。

千古美人枉赞之，蔽蓑破笠雪中立。

应定光阿阇梨之求　芭蕉桃青

① 小野小町，为日本古代美女。“卒塔婆”是梵语 stūpa 的音写，“高塔”或“墓牌”之意。谣曲《卒塔婆小町》，记述小町沦落为乞丐的境遇。

九十四　断杵

本文当作于元禄四年（1691）。

称“断杵”[①]之物者，为身份崇高之人所赏玩，被誉为扶桑之奇物也。汝生于何山、为何处贫女所使用砧之后身？昔汝是横槌，如今谓之花插[②]，改名为贵人头上之具。下而为上，上而必下。人亦如斯。居高者不必骄，位低者不必恨。世上物皆如横槌。

此槌之往昔，山茶还是梅？

① 中间细两端粗，握以捣物之具。
② 以槌制作花插为自古之因习。

九十五　落柿舍记

元禄四年（1691）夏或秋作，四十八岁。是年四月十日至五月五日，芭蕉滞留于嵯峨的落柿舍。

京都有向井去来[①]别墅，位于下嵯峨[②]竹树丛中。近邻岚山之麓，大堰川之流。此地乃闲寂之境，令人身心怡悦，乐而忘忧。去来性疏懒，窗前荒草离离，不加芟除。数株柿树，枝叶纷披，遮蔽房檐。五月，雨水渗漏，铺席、隔扇霉气充盈，几无寝处。户外，树影森森，殊觉可喜。此一地清荫，乃去来送吾之最佳礼物也。

五月雨淋淋，墙上贴纸痕。

---

① 芭蕉的门生。
② 京都西部风景区。

九十六　朗月

元禄四年（1691）八月十六日，此时芭蕉住在木曾冢（滋贺县大津市马场义仲寺）的草庵。前夜于草庵举行赏月宴，当日同人们一起乘船渡坚田，于竹内茂兵卫成秀之亭作十九吟（出席者共十九人）歌仙。可知宴会十分热闹。芭蕉作此文赠亭主成秀。

望月[①]之余兴犹未尽，二三子一鼓作气驰舟于坚田[②]之浦。其日申时，到达茂兵卫成秀[③]此人家后。“醉翁狂客浮月来。”舟中声声相呼。主人喜出望外，卷帘拂尘相迎。“园中有芋，有角豆。鲤鱼、鲫鱼刀法不整，但亦可尽兴。”遂于岸上大摆筵席。不久月升，湖光潋滟。仲秋望月，月

---

① 阴历八月十五日之月。
② 大津市坚田衣川町，琵琶湖西岸，“坚田落雁”为近江八景之一。
③ 竹内氏。坚田之俳人，蕉门。

出于浮御堂[1]正面之山，据闻此山乃镜山[2]。今宵相距尚未遥远。倚浮御堂上栏杆望之，三上山和水茎冈[3]一南一北，山峰绵延其间，小山之巅重叠。不久，月上三竿而隐于黑云之中。不知何处是镜山。主人引西行之歌："云来月生趣。"待客之心甚切。未几，月出云之外，金风银波，映千体佛之光[4]。"斜月足惜"。以京极黄门[5]叹息之语，以明月之空喻人间现世，遂有无常之观。"游此堂，再湿惠心僧都之衣[6]。"主人又云："乘兴而来之客，如何使之尽兴而返？"再于岸上一同举杯。月倾于比睿山之横川[7]。

开锁引月入，光映浮御堂。

天上有明月，皎洁入云中。　　芭蕉

湖畔横舟华露生。　　成秀

---

① 在坚田崎，造于湖中之堂。本名海门山满月寺，惠心僧都所开基。

② 位于三上山之东，十五夜满月由山顶升起时，犹如镜面悬于镜台之上，因而得名。

③ 近江八幡市西边的山丘。

④ 浮御堂中安置千体佛。

⑤ 指藤原定家。"黄门"即中纳言的中国式称谓。因定家晚年住在一条京极，故称京极黄门。

⑥ 惠心僧都不作狂言绮语，后来他有感于沙弥满誓的歌："时世本无常，犹如行船起白浪。"遂悟到和歌乃"反映观念的手段"这个道理。好像湿了一次衣被一样。

⑦ 比睿山内的横川谷，惠心曾居此。

九十七　成秀庭上松赞语

元禄四年（1691）八月十六日夜，书赠坚田之竹内茂兵卫成秀[①]，以谢款待之盛情。

有松，高九尺，下枝横出一丈余，枝重重成段，其叶森森而明艳。风鸣如琴，唤雨兴波。似筝，似笛，似鼓，皆天籁之声。近来，爱牡丹者，集其奇出夸示于人，作菊者，笑小轮而与人争。柿木、柑类，观其实而不问枝叶之形。唯松独秀于霜后，四时常青而风情各异。乐天曰："松能吐旧气，故经千岁。"[②]不仅悦主人之目，慰主人之心，且知长生保养之气，以待遐龄。

元禄四年仲秋日　芭蕉

---

① 竹内氏，坚田的俳人，蕉门。
② 出典不详。

九十八　阿弥陀僧

元禄四年（1691）秋作。

若问柴之庵，卑屈又粗俗。君居此小屋，世上风雅庐。

此歌乃西行上人访东山之僧人时所咏，载《山家集》[1]。庵主阿弥陀僧是何等人物？令人向往。但此僧清心寡欲，安居此柴之庵。故西行上人作歌以咏之。

明月映柴门，高僧远俗尘。　　芭蕉

① 西行法师的家集。

九十九 《忘梅》序

元禄四年（1691）九月作。此文名义上是千那为《忘梅》所作的序文，实际为芭蕉代作。亦即先有千那所作序，后由芭蕉大幅修改而成。由此，千那遂同芭蕉疏远开来。

和歌自定家[①]、西行起风情大改。连歌因应安之新式而定[②]。俳谐渐及百年。其实，盛年仅十余年矣[③]。故而指谁为古人？求何作古风？此江左氏尚白[④]，入我师芭蕉之门，其点滴染心骨，终能探幽入神。然不可以此为业。家传父道，拾杏实，培药栏，功既医国[⑤]，而自身犹不耐泉石烟霞之

① 藤原定家，俊乘之子。著有《新古今和歌集》、《新勅撰和歌集》。

② 二条良基为拯救连歌，同周阿商量，将传统的形式大幅修正，制定了连歌的格式，于应安四年（1371）确立下来。

③ 芭蕉入住深川芭蕉庵十一年。

④ 初名原不卜门，贞享二年（1685）入芭蕉之门，同千那皆为近江蕉门长老。

⑤ 《国语·晋语八》："上医医国，其次医人。"

画 | 笠松紫浪

病[1]。舌烂，口曲，成靥作瘤。治风云之病事，同子美所用良药[2]。今年，撰俳谐之集，托根于辛崎一松，名《忘梅》[3]。昔湘臣于汨罗之畔咏诗而独忘咏梅，今予于湖南之汀集咏梅之句，送香至武藏野之遥也。集将成，友人其角寄来俳句。

《忘梅》不忘人，旧友重旧情。

彼谓此集当不分远近亲疏，皆为留其名。可见其不忘故旧之心也。

元禄五年孟春日　　千那

---

① 《唐书·田游岩传》："臣所谓泉石膏肓，烟霞痼疾者。"

② 杜甫病弱而常常服药。

③ 尚白于贞享四年（1687）编著《孤松》一书。辛（唐崎）有名松一株，故借用之。此书当时未得出版时机，直到八十六年后，才由蝶梦之手得以出版。

一百 《脱稻谷》辞

大津市村田利兵卫藏芭蕉真迹展观录〔天保十三年（1842）写本〕所载。约作于元禄四年（1691）九月末。

途中，同服部氏潜□[①]子不期而遇。随即往北村某家[②]。房屋周围遍绕松、枫等杂木，红叶烂漫，菊花和鸡头米满布庭前。田间秋熟，正是大忙时节。

老妇昂扬脱稻谷，菊花庆寿满庭芳。　　芭蕉

元禄四年

---

① 难辨之字。据大礒氏说，可能是“莫”、“冥”、“巢”、“鱼”等字。服部土芳此时在京，但未见用此种别号。

② 未见有此人名或地名。

一百零一　宿明照寺李由子处

元禄四年（1691）十月初旬，离开住了三年的关西往江户，宿于彦根明照寺住持李由处，赠此句文。

本寺[①]移至此地近江之平田村，已及百岁。御堂建立时，集金书中写道："竹树密而土石老。"诚然，林木苍古，倍感殊胜。

庭中落叶满，古寺已百年。　　芭蕉

① 光明遍照寺。位于滋贺县犬上郡平田村。通称明遍寺，净土真宗西本愿寺派。

一百零二　岛田的时雨

元禄四年（1691）十月下旬，下江户途中，宿于东海道岛田冢本孙兵卫如舟亭时作。

时雨[1]淅淅沥沥而降，求得途中一夜之宿馆。焚炉火烤干濡湿之衣衫。汲汤润口，身心得以歇息。宿馆主人热情待客，暂能慰我旅愁。日暮伏于灯火之下，取出小砚[2]写字。主人观之，曰：平生初次相会，其后不知是否还能再见，故乞一句，以作纪念耳。

投宿躲时雨，作句酬主人。

① 秋末冬初时的雨。
② 原文作“矢立”。携带用文具，笔筒一端带有墨壶。

一百零三　雪中枯尾花

元禄四年（1691）十月二十九日，芭蕉回江户。自元禄二年三月下旬往奥羽旅行以来，已奔波三年。本文当作于是年十一月。

一生漂泊不定，足无停趾。这六七年[①]一直风餐露宿，身体多病，苦不堪言。昔日之旧友、门人，此时更难忘情。重返武藏野时，人们每日来访草扉。特作一句以酬答之。

相见身未死，雪中枯尾花。　　芭蕉

① 贞享元年（1684）《野曝纪行》之旅，至元禄四年（1691）年，整整七年。

一百零四　龟子良才

元禄四年（1691）作。

龟子良才[①]，此乃神童否？且禁止予之付句[②]，绝非轻意言及矣。然予生涯近五十，天命难计。自今再有十年，日数三千六百天。一日愁则一日之损，一夜乐则一夜之喜。如此年纪，即使不修身，六尘[③]已自不付，亦不自污。只待数毕三千六百之日数矣。若思无常迅速之事，须推定理非善恶。我不知会有何结果。只一念之动，唯知风雅之情。然既无宗因[④]之兴作，亦无宗因之恶句。只是善恶两意皆忘，仅窥病魔、仙狐之隙。信守此道至死方休。

---

① 龟子有人认为就是龟翁，其角门人多贺谷岩翁之子。元禄三年十四岁，就被芭蕉推断为“良才”。但有人又认为龟子是别人。

② 此句语意不详。

③ 指色、声、香、味、触、法等六种毁损人心的因素。

④ 西山宗因（1605—1682），谈林派俳谐之祖。

一百零五　去家之辩

元禄四年（1691），芭蕉在江户橘町的寓居度过冬季，迎来春天。本文当作于元禄五年二月。

浪迹山水，魂游天地。冬日蛰伏于橘町[①]，度过新年，进入一月和二月。风雅已成往事，闭口而不咏句也。然而风情满怀，万物晃动于目前。道魔心大发，再舍身去家，腰缠百钱，曳杖托钵，命结风云。一生尽为俳谐一途，风情用尽，遂成孤身一丐。

---

① 位于东京都中央区东日本桥三丁目，近接两国之地。芭蕉借住彦右卫门家，直到五月中旬迁居新建成的芭蕉庵为止。

一百零六　移芭蕉辞

元禄五年（1692）八月，四十九岁，新芭蕉庵落成。第一座庵曾于天和二年（1682）十二月焚毁，第二座庵于元禄二年春天出售，此乃第三座庵。本文当为搬入新庵时所作。三种异文，选其一。

菊荣于东篱[1]，竹乃北窗之君[2]。牡丹有红白之议，为俗尘所玷。荷叶不生平地，水不清则花不发。某年，移居此地时，曾植芭蕉一株。抑或风土宜于芭蕉之性，未几，曾分蘖数茎，枝叶茂密。庭院窄狭，绿意盈轩。故人们皆呼此庵为芭蕉庵，因而得名。旧友、门人共爱之。每年育其芽而分其枝，各处赠之。某年，忽起出行之意。芭蕉庵既破，遂将芭蕉移至篱外之邻地，请近处人们筑围垣以防霜雪，多方照料。且于留别一文中记此事。昔，西行云："从

---

① 陶渊明《饮酒》："采菊东篱下，悠然见南山。"
② 晋王子猷尤爱竹："何可一日无此君。"（《世说新语》）

画 | 笠松紫浪

此松孤独。”而我远游异乡，于不眠之夜，也是时时念起这株芭蕉，不由黯然神伤。倏忽五度春秋，如今得以重逢，喜极而泣，珠泪涟涟润芭蕉。今年五月半，古人所吟咏之花橘花香[①]之时，人情未变，依然离此深川之旧庵不远处，葺三间茅屋，做隐居之草庵。杉木削柱，清新雅致。竹枝编门，素朴安然。周围苇墙厚而密，向南临池建水楼。其地面对富士，柴门斜设而不蔽景。浙江潮满[②]，三股之淀[③]，观月甚宜。然而自新月之夕起，即担心为云雨所阻遮。为添明月之夜景，姑将芭蕉移来，其叶七尺，或大半吹折如凤尾，或全叶破败似青扇。无情之风实可恨也。花细而不甚雅丽，茎粗而不当斧钺。类山中不才之木[④]，其性可尊。僧怀素以此走笔[⑤]，张横渠观新叶而获修学之力[⑥]。予不取其二，唯游于叶下，独爱其为风雨易破之质也。

---

① 《古今集·夏》:“待到五月闻花橘，想起昔人翠袖香。”
② 浙江（即钱塘江）观潮，乃中国之古代奇观。此处借用。
③ 今隅田川新大桥和清洲桥之间的“丫”形地面。
④ 《庄子·山木篇》:“此木以不才得终其天年。”
⑤ 唐代书家，家贫，以芭蕉叶代纸。
⑥ 宋人，见芭蕉之叶次第张开而有感:“愿学新心养新德，旋随新叶起新知。”(《张子全书·三十三》)

一百零七　桌之铭

元禄五年（1692）冬作。文末有“应兰子求。元禄仲冬”一行字。“兰子”似指松仓岚兰。岚兰殁于元禄六年（1693）。芭蕉于岚兰生前即元禄四年或五年冬天，住在江户。

此桌于闲暇无事时，可养嗒焉吹嘘之气[①]。寂静时，可摊书于其上，揣摩圣意贤才之精神。心绪安然时，可以执笔而入羲素[②]之方寸。此桌制作精巧，如此一物可三用。高八寸，表面二尺，两脚雕乾坤之八卦，以习学潜龙牝马之贞[③]。举此阴阳二气为一用也？为二用也？

应兰子求　元禄仲冬　芭蕉书

---

① 《庄子·齐物论》：“南郭子綦，隐几而坐，仰天而嘘，嗒焉似丧其耦。”“嗒焉”乃“忘我”之意。“吹嘘”，长嘘短叹。

② 晋王羲之和唐怀素，皆为著名书法家。

③ 《周易·上经》：“乾……，潜龙勿用。……坤，有利于牝马之贞。”（意即“乾为地中之龙，宜待时机。坤，如母马安分守己”。）

一百零八　三圣图赞

元禄五年（1692）冬至元禄六年（1693）五月作。当时入门的彦根藩士森川许六，绘制一幅宗祇、宗鉴和守武的画，芭蕉为之写了赞文。

夫留心于风流，服从四季之变化。其吟咏不尽，如海滨之沙。述其情而怜其物之人，乃诗中之圣也。故而文明时代[①]，其道大兴，圣者之言，而为今日之典范。其朴实无华则不易为今人模仿和赏玩。然风雅之流行，犹如天地随时光而变化，永无止境，诚可尊也。爱好此道之士许六，为求宗祇[②]、宗鉴[③]、守武[④]之寿像，不辞辛劳，挥笔作图，

① 指 1469—1487 时期，宗祇、肖柏、兼载、宗鉴、守武等名家辈出的时代。

② 饭尾宗祇（1421—1502），从心敬学连歌，被授予“花下”之称。著有《新撰菟玖波集》。旅行中，殁于箱根汤本。

③ 生平不详。因久居洛西山崎，称山崎宗鉴。编《犬筑波集》。

④ 荒木田守武（1472—1549），伊势神宫的神官，作连歌，著《守武千句》。

特借此添一拙句，仅祈愿俳谐之道万古不尽而已。

真实三圣在，月花永不凋。　　芭蕉拜

一百零九　僧专吟饯别之辞

元禄六年（1693）三月，五十岁时作。住在江户深川芭蕉庵附近，同芭蕉相友善的僧人专吟，到伊势、熊野方面旅行，芭蕉为之饯别，写了此文。

杖头挂草鞋，笠内写姓名[1]。元禄六年，三月之初，僧专吟于武藏国江户之东，开深川之草扉，书“先行一步”文字留别于我。此僧常好风情，避市，年年乞食修行，云游各地。今年又去参诣伊势、熊野。身如云外之鹤，中流漱嘴，振翅于千寻之冈[2]。伏野泊云，胸中无一尘。予与僧贫贱之交既久，今临别，共立隅田岸上，箱根山遥遥在望。“彼白云攒聚处，箱根山峰一带，山道愈险，愁思更剧，君到彼处务必回首望，我仍立于此岸之上。”随即分袂而去。

鹤毛又玄衣，飘然云中花。　　芭蕉

---

① 旅行者皆在斗笠内写上名字。
② 左思《咏史》：“振衣千仞冈，濯足万里流。”

一百一十　别许六辞

元禄六年（1693）四月末作。彦根藩士森川许六，结束旅居江户的生活，回归故国之际，芭蕉书此文赠之。

去年秋，匆匆晤面，今年五月初，依依惜别。临别之时，一日来叩草扉，闲谈终日，其秉性好画，爱风雅。予试问之："缘何好画？"答曰："为风雅而好之。"又问："缘何爱风雅？"答曰："为画而爱之。"所学者二，而用其一也。诚然，孔子曰："君子耻多能。"[①]此人品二而用一，实可感也。论画，彼乃予之师，论风雅，乃予之弟子也。然师之画，精神透彻，笔端神妙，其幽远所至，为予所不见。予之风雅如夏炉冬扇，不合众人之趣而无所用，仅释阿[②]、西行之歌，虽不为人们所爱咏，却深含意趣。后鸟羽上皇[③]

---

① 《论语・子罕》："吾少也贱，故多能鄙事。君子多乎哉，不多也。"
② 藤原俊乘（1114—1204）的法名。
③ 第八十二代天皇（1180—1239），歌人。

的文章中赞道："此二人之歌内含真实，颇具悲情。"故而，我辈应以此为动力，紧紧沿此小道前行，而不可迷失方向。南山大师[1]讲述书道时，曰："不求古人之迹，唯求古人之所求。"予云："风雅亦同此矣。"遂举灯送至柴门之外而别。

元禄六年孟夏末　风罗坊芭蕉述

① 空海（弘法大师）。

一百一十一　送许六辞

元禄六年（1693）五月初作。前文写成后数日，临行前，许六遣使来告辞，芭蕉再作此文，托次郎兵卫带去。

森川氏许六，将经木曾路[①]返归故里。自古以来，寄情风雅之人们，身负重笈，足伤草鞋，破笠一顶，不辞霜露。苦其心志，乐其本性。而今，以仕主君之公务之身，腰挂长剑，乘悬[②]马，身后部众持枪挺棒；仆从们着黑色羽织，风中衣角翩然翻动。然此种所为，非本人之愿矣。

风光木曾旅，不忘椎花白。　　芭蕉

寒士木曾旅，正是多蝇时。　　芭蕉

---

① 由中仙道的马笼至赞川二十一日里（约合八十二公里），称为木曾路。

② 驮马负荷二十贯（约七十五公斤），其上乘人。

一百一十二　吊初秋七日之雨星

元禄六年（1693）七月作。

元禄六年七月七日夜，风云满天，白浪浸银河之岸。鹊桥之墩被冲，一叶之舵吹折，二星[1]亦失其住屋。今宵殊觉无趣，甚是遗憾。举灯祭星之际，有人吟遍照、小町之歌[2]。依此咏得二句，以慰因雨未见二星之思也。

小町之歌

银河遇雨水位高，织女卧于岩石上。　　芭蕉

遍照之歌

不借此衣给织女，七夕之夜太薄情。　　杉风

---

① 牵牛、织女二星。

② 遍照（昭）和小町都是平安初期歌人，皆列六歌仙之一。

一百一十三　闭关之说

元禄六年（1693）秋作。此时芭蕉身边已有寿贞。此文开头即肯定色欲，背后有寿贞之存在可想而知。

色为君子所恶，佛亦置之于五戒之首①。虽有此说，然难舍之情深，可哀之事多。人不知暗部山夜梅之下，私定终身，梅香浸衣，遂躲避人眼，频频相约于山冈之上②。若无忍冈之上人眼之守望，真不知会惹出几多祸端。耽于游女之情，卖家殒命之例多矣。但较之以年老之身，魂迷于米钱③之中，而不辨物之情者，其罪轻而可谅。“人生七十古来稀”。身心旺盛仅二十余年也。初老之来，犹如一夜之梦。五十年，六十年，日渐老衰。夜宵寝而晨早寤，又

① 佛教五戒：不杀生、不偷盗、不邪淫、不妄语、不饮酒。

② 暗部山即鞍马山的古名。古代，这里梅花盛开之时，男女于人们看不见的地方私定终身。事见《徒然草·二四〇段》等。

③ “米钱”，指物欲。

在贪婪何事？愚者多虑，才能增长烦恼[①]。一艺之秀者，是非观念发达。以此一艺为度世者，愤恨贪欲之魔界，终于沉溺于沟洫之中而不得生。如南华老仙[②]所云，唯舍利害，忘老少，而获得闲静，方可谓老之乐也。客来则作无用谈论，外出则妨他人家业，不如闭孙敬之户[③]，锁杜五郎之门[④]。以无友为友，以贫作富，五十年之顽夫自书自禁戒之。

墙边牵牛花，白昼锁庵门。　　芭蕉

① 《徒然草·三十八段》："才能增长烦恼。"
② 庄子，唐天宝元年（742）追谥为南华真人。
③ 《蒙求》引《楚国先贤传》："孙敬字文宝，常闭户读书。"
④ 颍昌人，真名不详，时人皆呼杜五郎。他三十年未出家门。

一百一十四　悼松仓岚兰

元禄六年（1693）秋作，此文悼可爱之老弟子岚兰之夭亡。

金革为衽而不怠，士之志也[1]。以文质不偏而为君子之美[2]。松仓岚兰以义为骨，以实为肠，魂系老庄，蓄风雅于肺肝之间。同予相亲十有九载矣。近三年辞官，虽仰慕岩洞先贤之迹，但以老母、稚子为念，依然飘摇于俗世之波。但不计荣辱，日日坐于风云之间。今年仲秋十三日，游由井、金泽，于枕上观月光映波。曳杖镰仓，归来后身心困苦，终至殂谢。同月二十七日夜，先行于七十老母之前，为七岁稚儿留下思念，正当盛年，尚不到五十。此人大器，为公切腹而无悔，而今竟如一茎衰草而被无常之秋风吹

① 《中庸》："衽金革，死而不厌，北方之强也。"

② 《论语·雍也》："子曰，质胜文则野，文胜质则史，文质彬彬，然后君子。"

折，实令人悲悼泪下。临终时之心境可想而知。老母之悲伤、同胞之哀叹，又将如何？亲人们传闻此景此情，深感死别之痛也。一月，曾携稚子之手来草庵，乞吾为其子取号。见之，其子有王戎[①]五才之眼，故摘戎一字，名岚戎。当时，喜形于色，今犹在目前。此人已逝矣。即便生前不睦之人，死后也为人所怀恋。何况岚兰与吾，如父子，似手足，长年共语。悲涕濡襟袖，宵泪浮枕席。捉笔记其思，方感才情缺乏，文思滞塞。只可凭几徒望夕空也。

可悲桑之杖[②]，一朝折秋风。　　芭蕉

九月三日谒墓

今日是头七，墓中可望新月未?

---

① 晋“竹林七贤”之一。《晋书·王戎传》：“戎幼而颖悟，神彩秀彻……‘戎眼灿灿，如岩下电。’”

② 四十八岁称为桑年，四十七岁而死，未到桑年，故可惜矣。芭蕉抑或以岚兰为心灵之杖。

一百一十五　东顺传

元禄六年（1693）秋作。是年八月二十九日，七十二岁的榎本东顺逝世，芭蕉作此文悼之。

东顺老人榎氏，其祖父乃江州坚田农士，称竹下氏。榎氏之称谓，似来源于晋子[①]之母姓。今年七十二岁，于病床上遥望秋月、花鸟之情，悲俗世如朝露，虽至病榻弥留之际，亦未尝乱其神也。一念之定，终生不辍。父子同咏更科之句[②]，预示将登大乘妙典之莲台。少时学医以为常产，由本多[③]某处得俸钱，而少釜鱼甑尘之愁[④]。然厌恶世路，破名闻之衣[⑤]，折其杖，舍其业，时年已六十之初。改

---

① 榎本其角的别号。其母贞享四年（1687）五十七岁殁。东顺乃其角之父。

② 最后一次赏月，于信浓同其角共吟更科月亮的俳句。

③ 膳所（Zeze）藩主本多下野守。

④ 《后汉书·范冉传》："甑中生尘范史云，釜中生鱼范莱芜。"极言穷困之状。

⑤ 舍弃世俗之名声。

市店为山居，所乐乃不投笔，不离案，十年有余。乘兴所作，车载不尽。生于湖上[①]，终于东野。是必大隐于朝市之人也[②]。

人随月已逝，机案四隅空。

① 指琵琶湖畔。

② 王康琚《反招隐诗》：“小隐隐陵薮，大隐隐朝市。”

一百一十六　素堂菊园之游

元禄六年（1693）十月九日作。亲友山口素堂[①]招芭蕉及其一门，于滞后一月的重阳（九月九日），开宴赏菊。

元禄六年辛酉初冬，十九日，于素堂庭赏菊游乐。

今十月九日，开重阳之宴，皆因九月九日菊花尚未孕蕾。“菊花开时乃重阳。”[②]即是此意。所谓“展重阳”者，即重阳节延迟一月之后，此例亦非没有[③]。故而素堂召集人们咏菊，实为残菊矣。

菊香满庭芳，忽见古人履。　　芭蕉

---

① 山口信章，甲州人，长芭蕉两岁。葛饬蕉门之祖。
② 苏东坡诗句。
③ 宫中为避讳天子或皇后忌日，将重阳宴推迟一月，开残菊之宴。

一百一十七　送别嗒山（《武藏野》辞）

元禄六年（1693）冬作（据赤羽学氏之说）。

嗒山[①]为生业，居江户三月。予往访，惊扰彼之朝寐。彼于夜来访，亦惊我宵梦。彼来我往，遂成莫逆。肝胆相照，寝食与共。今将回故乡，予前往送行。曳杖出门，秋色亦老。惜别之情，不能自已。

秋枯武藏野，遥遥望君笠。　　芭蕉

① 美浓大垣人。天和二年（1682）三月二十日致芭蕉书简，言及与芭蕉同座，参与连句创作，其姓名、卒年均不详。

一百一十八　骸骨画赞（《闪电》辞）

元禄七年（1694）六月下旬，五十一岁，访大津能太夫本间主马时作。文中充满阴森鬼气，仿佛觉察自己死期将近。

本间主马[1]宅有能乐舞台画悬壁上，绘众骸骨执笛、鼓等，演艺能乐。人世间种种生前模样，同彼等骸骨之游戏，有何殊异？枕髑髅而卧之[2]，终不能辨别现实与梦幻。莫非此人生前之写照乎？

眼窝生芒草，人鬼两不明。　　芭蕉

---

① 住在大津市的能乐太夫（艺术家）。俳号丹野。

② 《庄子 · 至乐篇》，记庄子赴楚，途中见髑髅。询问再三。枕而眠之，梦髑髅出。庄子欲使其复生，然髑髅对曰："吾安能弃南面王乐，而复为人间之劳乎。"

译后记

一

日本三重县的伊贺上野是一座小城，距离名古屋不算远，乘关西线快速电车西行约两个半小时就能到达。这里是传统文化气息浓厚的古城，十七世纪中叶，就在这座上野古城里，诞生了一位伟大的俳人（俳句诗人）、散文家、文坛一代宗师松尾芭蕉。

松尾芭蕉［宽永二十一年（1644）—元禄七年（1694）］，幼名金作、半七、藤七郎、忠右卫门。后改名甚七郎、宗房。俳号宗房、桃青、芭蕉。蕉门弟子在其编著中，敬称他为芭蕉翁或翁。别号钓月轩、泊船堂、夭夭轩、坐兴庵、栩栩斋、华桃园、风罗坊和芭蕉洞等。

芭蕉十三岁丧父。随后入藤堂家，随侍新七郎嗣子主计良忠。良忠长芭蕉两岁，习俳谐，号蝉吟，师事贞门俳人北村季吟，芭蕉亦随之学俳谐；同时，作为蝉吟的使者，数度赴京都拜访季吟，深得宠爱。宽文六年（1666）春，蝉吟殁，芭蕉返故里，所作发句、付句散见于贞门撰集中。宽文十二年（1672），著三十番发句合《合贝》，奉纳于伊贺上野的大满宫。是年春，下江户（一说延宝二年，1674），居日本桥界隈。当时，正值谈林派俳谐全盛时期。芭蕉和谈林派人士交往甚密，逐渐崭露头角，成为俳坛宗匠。然而，芭蕉虽属江户谈林，但比起锋芒峻厉的田代松意和杉木正友等人，讲究自制与协调，作风较为稳健。延宝末年至天和初年（1681前后），谈林俳谐渐次式微，过去热衷于此派的俳谐师们，纷纷暗中转向而寻求新路。

延宝八年（1680）冬，芭蕉蒙门人杉山杉风之好意，移居深川芭蕉庵。天和二年（1682），芭蕉庵遭火焚，遂流寓甲州，翌年归江户。其间，芭蕉逐渐将俳谐改造成一门崭新的艺术，创立了具有娴雅、枯淡、纤细、空灵风格的蕉风俳谐。他在天和三年（1683）出版的俳谐集《虚栗》的跋文中说“立志学习古人，亦即表达对新艺术的自信”。贞享元年（1684），作《野曝纪行》之旅，归途于名古屋出席俳谐之会，得《冬日》五“歌仙”（连歌俳谐的一种体式，每三十六句为一歌仙），此乃蕉风俳谐创作成果的一次检阅。此后，芭蕉的《鹿岛纪行》、《笈之小文》、《更科纪行》之旅中，进一步奠定了蕉风俳谐的文学地位。元禄二年（1689），芭蕉的《奥州小道》之旅，可以说是蕉风俳谐的第二转换期。他倡导所谓“不易流行”之说，主张作风脱离观念、情调探究事物的本质，以咏叹人生为己任。其后出版的《旷野》、《猿蓑》等，更集中体现了蕉风俳谐的显著特色。元禄七年（1694），芭蕉赴西方旅途中，于大阪染病后，折回故乡伊贺上野，于当年十月十二日辞世。

二

本书内容包括纪行·日记和俳文两大部分。

从艺术表现角度来说，日本的纪行文学就是富有文学意味的游记，作者的主观感情色彩强烈，而所见所闻只是作者表达思想和见解的舞台和道具。行文注重结构，语言讲究文采。芭蕉的俳谐纪行，尤其具有深刻的文学意义。

日本的纪行文学，最早发轫于记录旅程顺序、带有“序”的短歌，芭蕉的纪行最初也缘于此种体式。总起来看，芭蕉的纪行文创作，是由以发句（俳句）为主体渐次转向以文章为中心的探索过程。但是，这并不意味着他已经舍弃“歌”的要素，相反，芭蕉的纪行文学始终保持“歌文一体”的风格，洋溢着丰盈的诗意。他明确宣言：诸如“其日降雨，昼转晴。彼处有松。那儿有河水流动”般的记述，只能算是旅行记，不是文学纪行，至少这不是自己所要写的纪行。芭蕉评价自己的纪行文章："似醉者之妄语，梦者之谵言。"他认为，自己并非常人，而是一个狂人，大可不必局限于一草一木、一山一水的具体记述，他写的是"意象的风景"、"山馆野亭的苦愁"。他是为了记下一个"在风雅的世界里徘徊"的自己的影子。

元禄三、四年（1690、1691），芭蕉打算在《笈之小文》中贯彻这种理想，但此文半途而废。《笈之小文》所未能表达的风雅的理想图，终于在后来的《奥州小道》里实现了。在这部作品里，出于表达主观意识的需要，芭蕉更改和省略了一些旅途中的客观事实，使得一些章节含有虚构的内容。因此有人说，芭蕉的纪行实际上是借助于纪行文学形式的"私小说"。

芭蕉唯一的日记《嵯峨日记》，也和纪行一样，是当做文学作品写成的，和同时出现的纯粹记述旅途经历、气象天候的《曾良旅行日记》迥然各异。

三

《野曝纪行》

芭蕉于贞享元年（1684）秋八月离江户，回故乡伊贺上野，为前一年去世的母亲扫墓。其后，游历关西各地，于名古屋出席《冬日》连句诗会，收揽各地新弟子，经甲州返江户。此文当执笔于回到江户处理完杂事之后的一段时间。作品题目还有过《草枕》、《芭蕉翁甲子纪行》、《野晒纪行》、《甲子吟行》等称呼。这些都不是芭蕉本人的命名。

《野曝纪行》是芭蕉最初一部纪行作品，不免有尚未成型之憾。内容由前后两部分组成，其结构和《奥州小道》类似。

《鹿岛纪行》

贞享四年（1687）秋八月，作者离江东深川之芭蕉庵，到鹿岛赏月。先从住居附近搭便船，沿小名木川溯流而上，穿中川，入船堀川，再沿江户川到行德。接着，步行三十公里，于当天傍晚到达利根川的布佐码头。然后乘夜航船抵鹿岛。翌日十五日，参拜鹿岛神宫，同时拜访根本寺前住持、禅师佛顶和尚。

《笈之小文》

贞享四年（1687）十月至翌年初，芭蕉到关西做了一次探访“歌枕”（和歌所吟咏的名胜古迹）的旅行。十月二十五日离江户，经东海道，在故乡伊贺上野迎来新年。然后，在杜国的陪同下，游览吉野、高野山、和歌浦、奈良、大阪、须磨、明石等地。四月二十三日进入京都。《笈之小文》便是以此次旅行为素材的纪行文。这是一篇未完成稿，作者殁后十五年始刊行问世。

《更科纪行》

贞享五年（1688，九月三十日改元元禄）八月，漂泊于名古屋、岐阜之间的芭蕉，在名古屋的越人及其仆人陪伴下，经木曾路去信州更科观赏中秋明月，之后由长野经碓冰山口返江户。这次旅行既是《笈之小文》之旅的延长，又是一次富于独特风情的览胜。

《奥州小道》

更科之旅结束后，芭蕉于江东深川的芭蕉庵迎来元禄二年的新年。此时已有作一次奥州之旅的打算。三月二十七日，芭蕉在曾良陪同下离开江户，徒步巡游奥羽、北陆各地，八月二十日抵大垣。旅期五个月，行程二千三百五十公里。以此次旅行为素材写成的《奥州小道》，最能反映作者那种“狂人徘徊于风雅之世界”的创作理想，是芭蕉纪行文中的代表，也是古代日本记游文学的巅峰之作。

这部作品目下流行若干版本，简要介绍如下：

1. 芭蕉手稿本——此稿本为樱井武次郎和上野洋三两人于 1996 年 11 月首次发现，一时震动了学界。据考证，此稿本原系作者的定稿，但写作过程中又经反复推敲，多有改动，稿中“贴纸”达七十余处。由此可知，这不是誊抄稿，但因为是作者亲笔所写，最为珍贵。尤其可窥知作者推敲的过程，和下述的曾良本，都是研究芭蕉不可或缺的原始依据。

2. 曾良本——此本系芭蕉责成门人曾良据底本所誊抄，并亲自对原文作了认真的补记和订正，推敲之痕达于全卷，是最可信赖的本子。本书译文即采用此本。曾良本当在下面所述的“西村本”出现之后，曾良由芭蕉手里获得。曾良殁后，同《曾良旅行日记》共为其侄河西周德所有。现藏于天理图书馆绵屋文库。

3. 柿卫本——这是出现于西村本之前的另一种抄本，假名部分较多，固然有助于阅读，但有不少误写。此本为伊丹市柿卫文库所藏。

4. 西村本——芭蕉将推敲和补正过的曾良本，委托书家素龙誊写，完成于元禄七年初夏。封面中《奥州小道》的书名题签，为芭蕉亲笔所书，名为《素龙誉写芭蕉保有本》，随身携带。到达伊贺之后，赠给了兄长半左卫门。芭蕉殁后，遵照遗嘱，送给了蕉门弟子向井去来。现藏于福井县敦贺市西村家。文中有若干误抄之处，因为是作者保留本，至为尊贵。

此外还有各种传抄本，为节约篇幅，恕不一一记述。

《嵯峨日记》

奥州之旅结束后，芭蕉于元禄二年（1689）秋至元禄四年（1691）秋，辗转于故乡伊贺上野、京都、湖南（琵琶湖以南）一带。其间，元禄四年的四月十八日至五月四日，停居于京都郊外嵯峨野去来的别墅落柿舍，此时写的日记称为《嵯峨日记》。然而，虽称日记，但并不是记述每天细小琐事的流水账，而是深含艺术美感的文学作品。

四

下边谈谈芭蕉的俳文。

什么叫俳文？要下个确切的定义，实属不易。其实，在芭蕉所处的元禄时代，在芭蕉本人的头脑里，“俳文”一词也是一个模糊的概念。谁都不知道，什么样的文章算俳文，什么样的文章不算俳文。元禄三年（1690）八月，芭蕉致信去来之兄向井元端，请求修正《幻住庵记》草稿，信中说：“实不知何谓俳文，因异于实文，深感遗憾。”在芭蕉看来，自己是俳谐作家，所写文章自然就是俳文了。因为和一般文人的文章不一样，所以感到遗憾。

据堀切实《俳文史研究序说》统计，江户时代，日本出版俳文集一百一十部，其中使用“俳文”一词做书名的只有《俳文选》(1751—1764，三径编)、《桃之俳文集》(1767，桃之编)、《俳文杂纂集》(1788，梅至编)等少数几种。所有关系到芭蕉本人的著作以及芭蕉著述的结集，如《芭蕉庵小文库》、《蕉翁文集》、《本朝文选》(后改为《风俗文选》)、《本朝文鉴》、《芭蕉翁文集》、《蓬莱岛》等，都不使用“芭蕉俳文”之类词语做书名。

芭蕉为何不愿将自己的作品称为俳文呢？这是因为他不满足于贞门谈林俳谐，决心创立蕉风俳谐的缘故。芭蕉把自己的文章叫做“实文”即“诚实的文章”而不称做俳文，正是出于此种想法。

其实，照现在的观点，所谓俳文，就是俳人所写的既有俳谐趣味、又有真实思想意义的文章。这种文章一般结尾处附有一首或数首发句(俳句)。本书所收芭蕉俳文，均属此例。

芭蕉不屑于一味玩弄词藻、夸示技巧的季吟、元邻派的所谓俳文，称自己的文章为“实文”。同唐代大诗人杜甫一样，芭蕉一生遍历全国，放浪于山水之间，独步古今，俯仰天地，参禅拜佛，访师会友，一路上歌之哭之，咏之叹之。丰富的阅历、深湛的学养、崇高的情操、博大的胸怀，使得他的每一篇文章都有着特殊的艺术感染力。这是一位智者回望人生、检点自我、反省过去、启悟未来的一组组热情的话语。对于只欣赏过芭蕉俳句的人们来说，再读一读芭蕉的俳文，就会发现芭蕉文学的另一半精彩，从而获得一个“完整的芭蕉”。

退隐江户深川以后的芭蕉，不愿乘当世之流风，只想抒写胸中之块垒。于是，中国历代贤哲文人庄子、孔子、李白、杜甫、白居易、苏轼等，一一走进了芭蕉的文学世界。俳文中除了引用本国贤哲诸说之外，中国古典文史歌赋的光芒随处闪现。

据日本学者井本农一[①]考证，旅行中的俳文大都是芭蕉应对之作。《奥州小道》中的俳文则全属此类。例如，本书俳文编的《对秋鸭主人宅之佳景》、《夏日杜鹃》、《〈横跨野原〉辞》、《高久宿馆之杜鹃》、《奥州插秧歌》（两种）、《染色石》（九种）、《〈笠岛〉辞》（五种）、《天宥法印追悼文》、《银河序》（六种）、《〈药栏〉辞》、《温泉颂》、《在敦贺》等，一看就是为他人题字而作的（参见日本古典文学全集《松尾芭蕉集》解说）。

俳谐文学本来就是与人对话的文学。其中的发句近似独白，是向主人的问询，有着潜在的等候回应的意思。旅行中以句会友，以文赠人，正是芭蕉意所愿为。抑或，这正是俳谐文学的本色。

---

① 井本农一（1913—1998），山口县人，1936年毕业于东京大学。专攻日本中世、近世文学。本译后记主要根据他为《松尾芭蕉集》（小学馆）所作《解说》中提供的资料而写成。

五

本书根据日本小学馆1999年4月出版的《松尾芭蕉集》第二卷译出。原文有关中日文史典故的说明与注解甚为详密，翻译时考虑我国读者实际情况，对中国方面酌情有所减削，而对日本一方尽量保留。引用典籍的部分全部查对了原始资料，力求做到准确无误。此外，芭蕉的俳文通常于右上角钤有关防印，末尾有署名，即落款，其下盖印，称落款印。关防印原属明代朝廷官府公文上的防伪印鉴，是纵长形状的骑缝印，后用于书画之右肩，以表示起点。芭蕉爱用“不耐秋”、“杖头钱”等关防印鉴。这些印鉴在译文中都没有一一标出。

在翻译过程中，虽然参考了日本学者现代日语释文，但为保持原文风貌，尽量沿袭原文，采用文白兼备的译语，力求简约、明畅。当然，翻译芭蕉，对于我实为一桩艰难卓绝的文化工程，中译本不足之处在所难免，衷心期待同行师友、专家学者批评指正。

陈德文

2007年冬于日本爱知文教大学

新版寄语

《奥州小道》的前身《松尾芭蕉散文》初版本，2008年9月由作家出版社出版，印数6 000册。发行伊始，便以装帧古雅，印刷精良，用纸考究，图文并茂之特色，吸引一大批读者群集而至，争相购阅。不太长时间，就在市面上绝迹了。本书出版以来，各界读者朋友给以热情关爱与支持，令我十分感动。尤其是不少专家学者就俳文俳句翻译问题与我切磋，使我受益良多。然而，鉴于本书乃文言作成，除少数旧学根底坚实者外，一般年轻读者多有障碍，属于“小众”书籍，无法课以经济效益，故后来的编者对本书早已失去兴趣，冷眼以待。一方面阅读界同好文友长年企盼；一方面出版者目已旁顾，任其自生自灭。

联想国内学校，常年忽视文言教育，教科书中古典部分比例很少，阅读、出版界对文言也望而却步，多因不利于营销而力拒之。其结果，知识界青年除大学古典专业外，多数人文言基础知识薄弱，读不懂较为浅近的古典诗文。一些以古代典籍为对象的专业编辑，与之讨论文稿，也是文不对题，难以深入。

翻译俳句，众说不一，主张各异，本属自然。谁也不能自制一个框子，让别人就范。你有你的译法，我有我的译法，大家都在摸索之中。如今，有些人生怕个人观点别人不予认同，硬拉历史名人、前代权威为倚仗，力使“己见”变“公论”。窃以为实不可取矣。

当然，我也有我的看法，兹举一二。其一，中华文化，无所不包，无所不能，俳句既然是一种文学形式，是完全可以翻译成汉语的；其二，自然是具有一定规范的古典韵文学，译文也应该赋予诗意为好，一味效法或鼓吹口语、儿歌、大白话而排斥其他，失之武断，未必妥当。当然，我也不拒绝白话，在我的俳句译作中，不乏例证。总之，一切都由内容决定，辞达而已矣。翻译俳句，还需多方探索，不必固守一株，排斥其他。

此次新版，我又对旧译略加修订。俳句部分仍然以五七言二句形式为主，少数有所变通。适当注意对仗、平仄，但又不囿于此；俳文部分，凡文白相间之处，未多加朱笔，基本保持译文原貌。总之，一切都在尝试之中，望读者继续批评、指正。

译者

2019（己亥）年12月初于春日井